불현듯 살아야겠다고 중얼거렸다

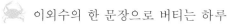
이외수의 한 문장으로 버티는 하루

불현듯
살아야겠다고
중얼거렸다

이외수 쓰고 정태련 그리다

차례

1

제멋대로 노래를

오늘도 나는
운명처럼 살아간다

　열심히 여기까지 달려오는 동안 모함과 비난의 짱돌들을 견디어야 하는 난관들이 수없이 많았다. 나는 모든 단체나 협회들을 외면하고 오로지 독립군으로만 버티면서 여기까지 걸어왔다. 때로는 비틀거리고 때로는 쓰러지고 때로는 통곡하고 때로는 분노하면서 개떡 같은 운명을 혼자 짊어지고 시정잡배를 자인하면서 존버하고 있다. 때로는 내 소설을 읽으면서 힘겨웠던 시절을 극복하셨다는 독자분들을 만나면 와락 끌어안고 울고 싶어진다. 그분들 때문에 오늘도 나는 운명처럼 글을 쓴다. 그리고 글을 쓰기 전에도 글을 쓰고 나서도 기도한다. 제가 원고지에 파종한 낱말들 모두가 싹을 틔우고 언젠가는 무성한 감성의 숲으로 자라오르기를 소망합니다. 고달픈 인생, 고통의 나날을 버티면서 살아가시는 분들 모두에게 안온하고 쾌적한 휴식의 그늘이 되기를 간절히 소망합니다. 이외수를 읽어 주신 모든 분들께 축복과 영광과 사랑과 평화가 함께하기를 또한 간절히 간절히 소망합니다.

노래하는 곳에 사랑이,
노래하는 곳에 행복이

　화천 이외수문학관에는 아주 작은 무대가 하나 마련되어 있다. 단체 관람객들이 오시면 강연을 해 드리거나 공연을 해 드리는 공간이다. 가끔 유명 가수들도 오셔서 노래를 불러 주기도 하고 유명 연주자들도 오셔서 연주를 해 주시기도 한다. 휴관일을 제외하고는 거의 날마다 힐링 공간으로 활용되는 무대이다.

　관람객들이 오시면 가장 걱정하시는 부분이 내 건강이다. 그래서 나는 노래를 불러 드린다. 일부러 비교적 높은 키의 노래들을 선택한다. 내 애창곡은 정원이 불렀던 〈허

무한 마음〉이다. 물론 내 노래 실력은 영 신통치 않다.

나는 결핵을 네 번이나 앓았던 병력을 가지고 있다. 천식도 있다. 어떤 분들은 담배부터 끊으라고 충언한다. 하지만 나는 호흡 곤란으로 담배를 끊은 지 10년이 지났다. 그래도 노래는 끊지 못했다.

재작년 병원에 가서 폐기능 검사를 했을 때 46이라는 수치가 나왔다. 형편없는 수치다. 조금만 가파른 경사를 걸어도 호흡 곤란과 함께 폐가 찢어지는 듯한 고통을 느낀다. 계단은 거의 사용하지 않고 가급적이면 엘리베이터를 사용한다.

그런데 작년에 폐기능 검사를 했을 때는 그야말로 기적 같은 결과가 나타났다. 내 폐기능이 74였다. 검사를 담당하신 박사님 말씀은 내 나이 또래 정상인의 폐기능과 똑같은 수치라고 한다. 나는 그것이 노래 덕분이라고 생각한다.

그러나 미세먼지가 극성이다. 날마다 나쁨을 기록하고 있다. 호흡기에는 최악이다. 그래도 나는 노래를 계속 부르겠다. 노오래하는 곳에 사아랑이 있고 노오래하는 곳에 해앵복이 있다. 노래하면서 살아가자.

꽃피울
준비나 하면서 산다

　하나님께서 얼마나 좋은 일들을 내게 주시려고 연속 개떡 같은 일들만 던져 주시나, 습관처럼 존버 하나로 이를 악물고 덮쳐드는 악재들을 버티는 수밖에 없었다.

　자주 세상과 인간에 대한 회의가 밀려닥쳤다. 그때마다 턱없이 부족한 나의 인내심과 자비심이 드러나면서 나이를 헛먹었다는 사실을 절감할 수밖에 없었다.

　태풍이 극성스럽게 불고 있는데 댓잎을 보고 고요를 지키지 못한다고 질책하는 도덕군자들도 있었다. 초연하게 글만 쓰시라고 충언해 주시는 분들도 적지 않았다.

하지만 나는 외수지 예수가 아니다. 십자가에 매달려 있는 것도 억울한데 손발에 못까지 박아 대고 옆구리에 창까지 꽂아 대야 직성이 풀리는 놈들을 어찌 자비로운 눈길로 바라보라는 말인가. 제기럴, 나는 수시로 울화통이 치밀어 오르고 배반감으로 잠을 이룰 수가 없는 상태에 처하곤 했다. 하지만 이번에도 나는 강원도아리랑 한 소절을 교훈 삼아 존버를 방탄조끼처럼 착용했다.

> 진흙 속에 핀 저 연꽃은 곱기도 하네
> 세상이 다 흐려도 제 살 탓이네

일부러 며칠째 무리한 일정들을 받아들였다. 평창 행사도 다녀오고, 강릉 행사도 다녀오고, 영월 행사도 다녀오고, 고성 행사도 다녀왔다. 강행군 끝에 몸은 파김치가 되었다. 그래도 기분은 완전히 전환되었다.

비 오는 날에는 태양이 보이지 않는다. 하지만 보이지 않는다고 사라져 버린 것은 아니다. 천지개벽을 해도 성인

군자들은 여전히 성인군자들로 남아 있을 것이고 개새
끼들은 여전히 개새끼들로 남아 있을 것이다.

어느새 2월도 끝물이다. 봄이 머지않았다.

꽃피울 준비나 하면서 살아야겠다.

2019

선한 사람은
악역을 자처하기도 한다

    착한 심성을 간직한 사람들은 종종 잘못을 저지른 자를 질책하거나 벌하지 않고 두둔하거나 덮어 주는 경우가 있다. 하지만 칭송할 만한 처사는 아니다. 결과적으로 잘못을 반복해도 무방하다는 면죄부로 작용하거나, 잘못을 방조하거나 조장하는 실마리가 될 수도 있기 때문이다. 그놈의 착한 심성이, 때로는 마음 어딘가에 악습의 곰팡이를 은밀하게 배양하는 부작용도 간직하고 있는 것이다. 그래서 진짜 착한 심성을 간직한 사람이 악역을 담당할 수밖에 없는 경우도 생기는 것이다.

불현듯 살아야겠다고 중얼거렸다

논리로
진심을 숨길 수 없다

　자기 분야에서 잘나가는 사람들을 매우 지적이면서도 논리 정연한 방법으로 평가절하하는 능력을 가진 사람들을 만날 때가 있다. 특히 SNS에는 그런 분들이 참 많다. 냉철한 분석력에 날카로운 비판력, 처음부터 끝까지 하나도 틀린 말은 없다. 그런데도 공감이 되지 않는 경우가 있다. 어떤 경우일까. 그가 심중에 간직하고 있는 결론이 '내가 더 나은데 세상은 저놈이 더 나은 줄 알고 있어'일 경우이다.

누가 더 아름다울까

꽃이 더 아름답다,

아니다 열매가 더 아름답다,

입에 거품 물고 싸우는 사람들이 있다.

때로는 감정을 주체하지 못해서

멱살잡이 주먹다짐도 불사한다.

묻고 싶다.

둘 다 아름다우면 안 되나요.

적은
어디에나 있다

당신이 어떤 분야든 피눈물 나는 노력을 기울여 마침내 성공에 이르렀다고 가정하자. 그때부터 당신이 마음 편하게 살기는 틀린 일이다.

어떤 분야에서 성공을 거두었든, 어떤 교양과 인격을 갖추었든, 당신에게는 반드시 적이 생길 것이다. 당신이 착해도 적이 생기고 당신이 악해도 적이 생길 것이다. 아무리 변명을 하고 아무리 진실을 보여 주어도 아무 소용이 없다. 인간들 중에는 인간의 형상을 한 미친개도 섞여 있고 인간의 형상을 한 벼멸구도 섞여 있다. 하지만 그것들을 퇴치하거나 멸종시킬 방법은 없다.

어쩔 수가 없이 공존해야 한다.

복장이 터질 지경이 오더라도 그러려니 하라.

그러려니 하다 보면 언젠가는 여여한 경지를 깨닫게 된다.

많다고
좋은 것은 아니다

　며칠 전 최광선 전 화천군 의원님께서 이외수문학관에 있는 어쩜샵에 오셔서 개그 한 토막을 들려주셨다.

　대개 답을 두 가지나 가지고 있는 사람들이 답답할 수밖에 없다는 말씀이셨다. 비록 개그지만 일리가 있다는 생각을 했다.

　거기에 준해서 갑질을 두 배로 하는 사람들이 대개 갑갑한 사람들이라는 생각을 했다.

　나는 허점이 남보다 두 배나 많아서 허허한 사람일까.

　요즘은 불면에 시달리는 바람에 뜬눈으로 밤을 지새울

때가 많다. 미세먼지 때문에 문학관 관람객들도 확연하게 줄어든 상태다.

며칠 전 타로 카드를 잘 보시는 분이 집필실을 방문했고 나는 돈을 많이 벌 수 있을까를 점쳐 보기 위해 타로 카드 한 장을 뽑았다.

"지금까지 한 번도 돈 때문에 무슨 일에 몰두해 본 적은 없으시군요."

틀리지 않은 말이었다. 무슨 일을 하더라도 고도의 집중력을 쏟아부은 적은 있어도 당연히 돈 때문에 그랬던 기억은 없다.

"맞습니다."

"돈을 벌기 위해서라면, 무슨 일을 하시더라도, 돈이 생기실 수밖에 없다는 메시지가 담겨 있는 카듭니다."

얼쑤.

나는 그때 오늘부터라도 돈을 벌기 위해 열심히 살아 봐야겠다는 생각을 했다.

지금까지는 돈이 생기면 먼저 남을 위해 쓰곤 했었다.

그러나 이제부터는 나를 위해 쓰고 난 다음에 남을 위해 써야겠다는 생각도 했다.

돈 때문에 믿었던 사람들한테 발등이 찍히는 경우를 많이 당하니까 쓸쓸하고 허망할 때가 많았다.

깜쉥이와 모랑이.

얼마 전 고양이 두 마리를 입양했다.

깜쉥이는 아비시니안.

모랑이는 코리안 쇼트헤어.

호흡기가 약한 내게는 별로 좋지 않을 거라고 염려해 주시는 분들도 계시지만 그놈들 재롱 때문에 잠깐씩 쓸쓸함과 허망함을 잊어버릴 수가 있다. 없을 때보다는 건강에 도움이 된다는 믿음을 가진다.

월요일.

봄이 오는 문설주, 새로운 한 주가 시작되고 있다.

그대여, 부디 아름다운 나날 되시옵소서.

자신을 사랑할 줄 아는
사람이 되어라

어떤 젊은이에게 남을 사랑할 줄 아는 사람이 되기 전에 먼저 자신을 사랑할 줄 아는 사람이 되라고 가르쳤다. 십 년 뒤에 그를 만났더니 '자신을' 사랑할 줄 아는 사람이 아니라 '자신만' 사랑할 줄 아는 사람이 되어 있었다. 써글.

심안을 뜨고 있으면 발뒤꿈치만 살짝 들어도 천 리 밖이 보이는 법인데 써글노마, 너는 어째서 땅바닥에 주저앉아 아무것도 안 보인다고 안달이냐.

불현듯 살아야겠다고 중얼거렸다

그 어떤 아픔도 차츰
무디어지기 마련

이번 주는 줄곧 추울 거라는 예보가 있었다. 물론 겨울이 끝나 버린 지 오래다. 하지만 나는 천지에 생금가루 같은 햇빛 쏟아져 내리고 꿀벌들 닝닝거리는 봄 따위는 기다리지 않기로 했다. 기다리는 일은 사랑하는 일보다 힘들다는 말이 있다. 그건 사실이다. 하지만 생각이 날 때마다 모진 마음으로 떨쳐 버리면 처절한 아픔도 차츰 무디어지기 마련이다. 이래도 한 세상 저래도 한 세상. 잠깐 머물다 가는 인생인데, 봄이 오건 안 오건 나대로 즐겁게 살기로 했다. 정신 나간 인간들이 개지랄을 떨건 말건, 하늘에도 들판에도, 바다에도 사막에도, 내가 간직하고 있던 낱말들을 열심히 파종하면서 살기로 했다. 언젠가는 내가 파종한 낱말들이 싹을 틔워서, 눈부신 꽃이 되거나, 푸르른 숲이 되거나, 하늘거리는 해초가 되거나, 우람한 선인장으로 자라기를 기다리겠다. 바람이 불 때마다 흔들리는 그리움, 밤이면 하늘로 가서 눈시울을 적시는 별빛으로 명멸하겠다. 그래, 다시는 염병할 놈의 사랑 따위는 하지 않겠다.

불현듯 살아야겠다고 중얼거렸다

언젠가는

아픔도 거름이 되어

푸른 생명을 키울 것이다.

군자 소리
들을 필요 없다

『채근담』에는 쥐가 배고플 것을 염려하여 언제나 밥 덩어리를 남겨 두고, 나방이 타 죽을 것을 불쌍히 여겨 어둠 속에서도 등불을 켜지 않는다는 말이 있다.

하찮은 목숨들까지 배려하고 보살필 수 있어야 군자라는 뜻일 것이다. 하지만 오늘날의 쥐들은 창고의 쌀을 배 터지게 처먹어서 식구들이 먹을 쌀조차 남아나지 않을 지경이고, 나방도 형광등이기 때문에 타 죽지는 않고 밤새도록 온 방을 미친 듯이 날아다니면서 식구들의 단잠을 방해한다.

불현듯 살아야겠다고 중얼거렸다

군자 소리 들을 필요 없다.

쥐를 때려잡지 않으면 식구들이 배를 곯게 되고 나방을 때려잡지 않으면 식구들이 불면에 시달리게 된다.

식구들이 괴로움을 당하는 판국에 쓰펄, 그 잘나 빠진 군자 소리는 들어서 무얼 하겠다는 건지.

헤아리지 못해도

비웃지는 말자

사람들은 옆으로 걷는 게를 보고

똑바로 걷지 못하는 미물이라고 비웃지만

게의 입장에서는 그렇게 걷는 것이

똑바로 걷는 것이다.

다리가 두 개뿐인 사람이

다리가 열 개나 되는 게의 입장을

쉽게 헤아릴 수는 없겠지.

하지만 쉽게 헤아리지는 못하더라도

쉽게 비웃지는 말아야 한다.

좋은 생각을 하면
좋은 날은 온다

우여곡절도 많았고 악전고투도 많았던 2월이 끝나 간다. 3월의 월중 행사 및 계획표를 만들기 위해 먼저 빈칸에 숫자부터 써넣는다. 글씨도 감정과 표정이 있다. 수시로 들여다보아야 하니까 가급적이면 착하고 맑은 심성으로 빈칸을 채우려고 노력한다. 매사에 정성을 기울이는 것이 내 삶의 요령이다. 하지만 자주 부족함을 느낀다. 무엇이든 꾸준히 실천하면 나아질 거라는 신념으로 살아간다. 일이 잘 안 풀리면 아직은 때가 아닐 뿐이라는 생각을 하면서 기다림의 미학을 배운다. 봄이 완연한 제 모습으로 감성마을에 당도하려면 아직 멀었다. 존버.

어제는 처음으로 깜솅이한테 꾹꾹이를 받았다. 평소에는 이름을 불러도 못 들은 척 딴전을 피우기 일쑤였고 귀여워서 머리라도 쓰다듬어 주려고 손을 가까이 가져가면 잽싸게 피해 버리기 일쑤였다. 거만하기 이를 데 없는 고양이였다.

그런데 어제는 물오징어 몇 토막과 간식을 몇 번 손등에 짜서 먹인 다음부터 태도가 완전히 달라져 버렸다. 틈만 있으면 내 주변을 맴돌면서 애교를 떨어 대다가 급기야는 꾹꾹이를 해 주는 친절까지 베풀었다.

사실 아픈 곳은 허리와 다리였지만 깜솅이는 갸릉갸릉 소리까지 연발하면서 열심히 배를 꾹꾹이해 주고 있었다. 그래도 나는 오래도록 감동에 사로잡혀 있었다. 아무리 잘해 주어도 고마운 줄 모르는 측근들 몇 명을 떠올리면서 '깜솅이보다 못한 놈들'이라고 혼잣소리로 나지막이 중얼거렸다.

창문을 열었다.

아직 감성마을에는 개나리도 진달래도 피지 않았다. 하

지만 봄이 바로 코앞에까지 당도해 있다는 느낌만은 역력했다.

술을 끊은 지 두 달째, 날마다 스트레스와 미세먼지에 시달리던 일상이 급작스럽게 달라질 수는 없을 것이다. 수행 삼아 열심히 글을 쓰거나 먹을 치면서 때를 기다리는 수밖에 없을 것이다.

세상이 아무리 개떡 같아도 존버, 존버만복래.

아직
고난은 끝나지 않았다

벽시계의 바늘들이 새벽 3시를 넘어서고 있다. 창밖은 눈보라가 어지럽게 흩날리고 있다. 잠이 오지 않는다. 술을 마시고 싶은 충동이 솟구쳐 오른다. 하지만 참는다. 기분도 저하되어 있고 건강도 신통치 않다.

위암으로 위를 모두 잘라 냈고 폐기흉 수술도 세 번이나 거쳤다. 이어 유방암을 극복했고 장유착으로 고통을 받기도 했다. 죽을 고비를 몇 번이나 넘겼지만 아직 고난은 끝나지 않은 모양이다.

죽기 전에 대표작 하나를 남기겠다는 소망으로 『영생시

대』라는 가제의 장편소설을 구상 중이다. 인간이 죽지 않는 시대, 즉 생로병사를 극복한 시대가 오면 인간은 과연 무엇을 절대 가치로 삼고 살아가게 될까. 무엇을 대상으로 희로애락을 느낄 것이며 삶의 형태들은 어떤 양상으로 변하게 될까. 그때도 행복이나 사랑이 존재할까.

하지만 나는 아직 소설에 필요한 자료를 충분히 수집하지 못했다.

가끔 나에 대한 사실무근의 모함이나 낭설들이 팩트라는 꼬리표를 붙이고 집필실까지 배달되는 경우가 있다. 세상에는 나를 물어뜯지 못해 안달하는 성인군자들이 너무 많다.

나 : 유명세를 치른다고 생각하기에는 스트레스가 너무 심하다.

문하생 : 제가 보기에는 유명세가 아니라 누명세 같은데요.

나 : 적확하구나.

모두 내가 부족하기 때문에 생긴 현상들이겠지. 겸허한

생로병사를 극복한

시대가 오면

인간은 과연 무엇을

절대 가치로 삼고

살아가게 될까.

마음으로 자숙을 다짐한다.

　3월이다.

　이외수문학관은 여전히 관람객들이 끊이지 않는다. 평일에는 비교적 한산한 편이지만 휴일에는 여전히 붐비는 편이다.

　하지만 감성마을은 아직도 겨울.

　나는 지독하게 외롭다.

인간은
인간으로 살아야 행복해진다

흑묘백묘(黑猫白猫).

검은 고양이든 흰 고양이든 쥐만 잘 잡으면 된다는 뜻
이다.

1970년대 말부터 덩샤오핑(鄧小平)이 취한 중국의 경제
정책을 의미한다. 흑묘백묘 주노서 취시호묘(黑猫白猫 住
老鼠 就是好猫)의 줄임말이다. 중국의 개혁과 개방을 이끈
덩샤오핑이 1979년 미국을 방문하고 돌아오면서 자본주
의든 공산주의든 상관없이 중국 인민을 잘 살게 하면 그
것이 제일이라는 뜻으로 남긴 말이다.

그런데 무슨 이유 때문일까.

요즘 고양이들은 아예 쥐를 거들떠보지도 않는다.

집고양이든 길고양이든, 검은 고양이든 흰 고양이든, 황금을 보기를 돌같이 하라는 최영 장군 노래에 큰 감동이라도 받았는지, 쥐 보기를 돌같이 하는 태도가 역력해 보인다. 고양이로서의 정체성을 완전히 상실해 버렸음이 분명해 보인다.

정체성을 상실해 버린 것은 고양이뿐만이 아니다.

식충식물들도 마찬가지다.

겨울이 끝나고 날씨가 풀리면서 집필실에 썩덩나무노린재가 출몰해서 극성을 부리기 시작했다. 나는 고심 끝에 식충식물 몇 포기를 집필실에 비치해 두는 수밖에 없다는 결론에 도달했다.

하지만 식충식물들은 개미나 파리나 노린재 등의 벌레들이 이파리와 촉수에 붙어 함부로 활보를 해도 미동조차 보이지 않았다. 거금을 들여서 구입한 식충식물들인데 쉐키들이 천연덕스럽게 딴전을 피우고 있었다. 직무유기가 분명해 보였다.

그런데 눈여겨 살펴보면 고양이들이나 식충식물들만이 정체성을 상실했거나 직무유기에 빠져 있는 것이 아니었다. 인간들도 개인적으로나 집단적으로 정체성을 상실했거나 직무유기에 빠져 있었다. 때로는 거의 구제불능의 상태에까지 도달해 있는 부류들도 허다했다.

어쩌면 인간은 더 이상 인간이 아닐지도 모른다.

동물이거나 사물로 전락해 있을지도 모른다.

인간 세상에서도 생존경쟁이라는 말이 당연시되고 약육강식이라는 말이 당연시된다. 그것을 무슨 법칙처럼 받아들인다.

하지만 아니다.

그것들은 인간들이 당연시해서는 안 되는 정글의 법칙이다.

그것들은 동물들에게나 당연시되는 법칙이다.

우리가 행복할 수 없는 이유가 여기에 있다.

인간이라는 이름을 가지고 짐승처럼 살아가기 때문에

행복해질 수가 없는 것이다.

　적어도 인간이라면, 인간답게 사유하고, 인간답게 행동하고, 인간으로 대접받으면서 살아가야 행복해질 수 있는 것이다. 그런데 써글, 나는 언제까지 이 눈부신 봄날을 혼술에 젖은 채로 비틀비틀 살아가야 하는 것일까. 도대체 내게는 인간으로서의 정신과 영혼이 몇 프로나 남아 있는 것일까.

우리가 행복할 수 없는

이유가 여기에 있다.

인간이라는 이름을 가지고

짐승처럼 살아가기 때문에

행복해질 수가 없는 것이다.

멋있게 생겼다고
말씀해 주세요

　지역 유지 자제분의 결혼식장에서 아주 유쾌하고 영민해 보이는 꼬맹이 하나를 만났다. 다섯 살쯤 되어 보이는 남자애였다. 너 참 예쁘게 생겼구나, 라고 내가 말했더니, 예쁘게 생겼다고 말하시면 싫어요, 라고 꼬맹이가 대답했다. 그러면 뭐라고 말할까, 라고 묻지 않을 수 없었다. 나는 꼬맹이의 대답이 몹시 궁금했다. 꼬맹이는 조금도 망설이지 않고 대답했다. 멋있게 생겼다고 말씀해 주세요.

　다섯 살쯤에 벌써 표현의 미묘한 차이를 알고 있는데, 명색이 작가란 놈이 꼬맹이한테 무심코 접대용 멘트 한마디를 날리다 푸헐, 보기 좋게 똥침을 한 방 먹은 꼴이다.

꽃과 아이들은 언제 보아도 예쁘다. 감성마을에 놀러오는 아이들과 순박하게 피어 있는 다래꽃. 많이 닮았다.

인생이 일장춘몽이면 어떠리,
아직 봄이 머물러 있거늘

사는 일 어려울 거 없다고
사랑 하나면 충분하다고
말들은 쉽게 하지만,

세상에서 가장 어려운 일이 사랑인 줄
불면으로 꽃피워 본 목숨들은 다 알고 있다.
명자꽃 피는 감성마을.

내 비록 늙었으나
가슴에는 붉은 사랑.

봄빛이 언듯
지나간 맛을 즐기다

쇄락(灑落/洒落)이라는 단어가 있다.

사전을 찾아보면, 명사에 해당하고, 기분이나 몸이 상쾌하고 깨끗함을 뜻하는 단어라고 풀이되어 있다. 지금은 어느 분의 수필인지 기억이 아리송한데, 고등학교 국어 교과서에 수록된 어떤 문인의 수필에, 차를 마시면 정신이 쇄락해진다는 표현이 있었다. 시험문제로도 자주 출제되던 단어였다.

나는 아침에 일어나 먼저 차부터 마신다. 마시면 미처 잠에서 완전히 수습되지 못한 정신이 쇄락해진다. 내가

불현듯 살아야겠다고 중얼거렸다

즐겨 마시는 차는 보이차인데 한때 몸에 좋다는 소문 때문에 한국 사람들 사이에 사재기 열풍이 불어서 가격이 턱없이 뛰어 오르고 보이차 구하기가 처녀 불알 구하기보다 힘들어져서 중국 보이 지방에 가도 진품을 구할 수가 없는 상태가 되고 말았다.

당연히 한국에는 가짜가 판을 치기 시작했다.

나도 이 무렵, 인사동 어느 돌팔이에게 속아 가짜를 구입, 몇 달간 마시고 간을 다쳐 오래도록 고생한 기억을 가지고 있다.

보이차에 대해서는 도자기 명인으로 유명하신 연파(蓮波) 신현철 선생께서 가견이 있으시다. 마침 나와는 교분이 두터워 어떤 분께서 사재기해 두셨던 보이차 진품을 연파 선생 소개로 얼마간 구입할 기회를 얻을 수 있었다.

그런데 위암으로 덜컥 병원 신세를 지는 바람에 보이차가 고스란히 남아 있게 되었다. 하지만 언제부터인가 한국에는 또 커피 열풍이 불어서 젊은 세대는 보이차에 그다지 관심을 보이지 않는 성향이 있다. 가끔 문하생들에게 보이차를 권해 보지만 썩 반기는 기색은 아니다. 그래서 차를 항아리에 담아 흙 속에 파묻고 50년 동안이나 숙성시킨 보이차를 나 혼자 즐기고 있다.

차로써 깨달음을 얻으셨다는 초의선사께 어떤 제자가 차 맛에 대해 여쭈어 보았다고 한다.

물론 여기서 말하는 차는 보이차가 아니라 우리가 흔히 만날 수 있는 전통차, 즉 녹차다.

"스승님. 차는 어떤 맛이 가장 이상적인 맛입니까?"

제자가 물었을 때 초의선사는 이렇게 대답했다고 한다.

"글쎄다. 차의 맛은 천차만별이어서 그 맛은 무한에 가깝다. 딱히 어떤 맛이 가장 이상적인 맛이라고는 말하기 어렵고 나는 봄빛이 언뜻 지나간 맛을 즐긴다."

봄빛이 언뜻 지나간 맛이라니.

나는 탄복하지 않을 수 없었다.

썩은 차가 아니라면, 대부분의 차에서 봄빛이 언뜻 지나간 맛을 음미할 수가 있기 때문이다.

하지만 보이차에서는 봄빛이 언뜻 지나간 맛을 느낄 수

가 없다.

　보이차에서는 늦가을 낙엽 태우는 냄새가 언뜻 지나간 맛이 난다고 표현하면 어떨지…….

2

스트레스가 주렁주렁

괴롭히는 사람을
참아주지 마라

젊어서 고생은 사서도 한다는 속담이 있다. 성공하는 인생을 위해서라면 젊었을 때의 고생쯤 당연한 것으로 받아들일 수 있어야 한다는 뜻도 내포되어 있는 속담으로 알고 있다. 하지만 우리가 사는 세상이 정상적이고 상식적인 세상만은 아니다. 고생은 남에게 시키고 돈만 자기가 챙기면서 살아가는, 싸가지가 바가지로 마이너스인 인간들도 적지는 않다. 그런 인간들이 상전으로 군림하면서 갑질을 하는 가정이나 직장을 가지신 분들은 정말 불행한 인생을 감내하면서 살아가시는 분들이다. 당연히 그

불현듯 살아야겠다고 중얼거렸다

분들의 인생은 젊어서도 고생, 늙어서도 고생이 보증수표다. 갑질을 당연시하는 인간들의 특질은 부려 처먹을 줄만 알았지 고마움을 표할 줄은 전혀 모른다는 사실이다. 저만 잘난 줄 안다는 것이다. 당신이 만약 그런 인간 밑에서 살고 있다면 지체 없이 인연을 끊는 길만이 당신의 진정한 인생을 찾는 길이다. 봄이 오기 전에도, 봄이 온 뒤에도, 존버.

나쁜 소식이 전부
나쁘기만 할까.
절망만 하기엔
아직 이르다.

이로운 일은
나쁘게도 온다

달친구들과 채널링을 할 때는 음성과 문자로 기록해 둔 다음 수시로 공부 삼아 들여다보면서 되새김질을 하기도 한다.

달친구들 중에는, 채널링 멤버들이 호부 선생이라고 부르는 분이 계시는데 지구 연령으로는 몇백 살을 족히 넘기신 분이다. 내가 화천 사태에 대한 재판 결과를 물었을 때 '당신은 아스팔트를 걸어도 먼지가 일어나는 사람입니다. 말끔한 결과를 기대하시겠지만 뜻대로 되지는 않습니다. 분명히 승소는 합니다. 그러나 재판이 끝나도 잡음은 계속됩니다. 하지만 잡음이 있어야만 당신에게 이롭습니다'라는 대답을 해 주었다.

정치가들은 국민들로부터 잊혀진 사람으로 기억되는 것을 가장 두려워한다고 한다. 나쁜 짓을 해서라도 신문에 떠들썩하게 거론될 수만 있다면 만면에 미소를 지을 수 있다고 한다.

예전에 어느 정치가께서 나를 몹시 부러워한 적이 있다. 그때는 이해가 잘 되지 않았는데, 아스팔트를 걸어도 먼지가 일어나는 사람이라니, 이제야 그분께서 나를 부러워한 이유를 짐작할 수 있을 듯하다.

앞으로는 온갖 나쁜 일이 있더라도 내게는 이로운 일이라는 뜻으로 받아들이면서 살기로 했다. 존버불패.

밑바닥에 있는 것들은
떠오를 일만 남았다

　지난밤에는 약간 덥다는 느낌 때문에 창문을 열어 두고 잤다가 새벽에 얼씨구, 너무 추워서 창문을 닫고 보일러를 난방으로 조정했다. 어쩌겠나. 사람이 자연과 조화해야지 자연이 사람과 조화할 수는 없으니. 돈 버는 수완이 뛰어난 사람들은 더울 때는 더위로 한밑천을 잡고 추울 때는 추위로 한밑천을 잡더군. 하지만 나는 추위에도 더위에도 한밑천 잡을 생각은 못하고 언제나 푼돈 아끼기에 바쁘다. 그래도 괜찮다. 오래도록 밑바닥을 짚고 앉아 있었으니, 머지않아 높이높이 떠오를 일만 남아 있다.

사람은
얼마나 외로울까

　나를 만나는 분들은 대부분 건강이 어떠시냐는 질문부터 던진다.

　나는 고희를 넘겼다. 그야말로 옴팍 늙었다. 다년간 투병 생활도 했다. 그런데 설상가상으로 요즘 지랄 같은 일들이 자주 발생해서, 스트레스도 이만저만이 아니다. 육신도 정신도 영혼도 폐기 처분해야 할 정도로 피폐해져 있다는 생각을 한다. 뿐만 아니라 아직도 청산되지 못한 적폐 쓰레기들이 온·오프라인을 막론하고 내 앞에 나타나서 심기를 불편하게 만들곤 한다. 막말로 비열하고 유치하

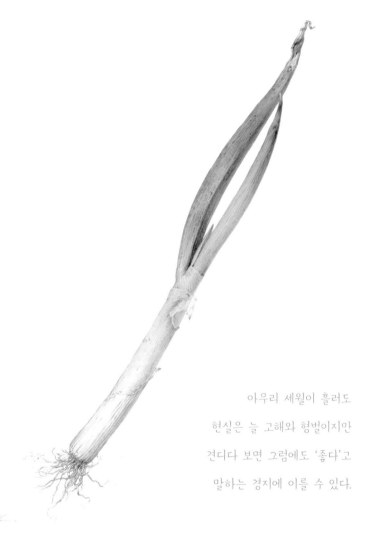

아무리 세월이 흘러도
현실은 늘 고해와 형벌이지만
견디다 보면 그럼에도 '좋다'고
말하는 경지에 이를 수 있다.

고 무식한 새끼들 때문에 뚜껑이 열릴 때가 한두 번이 아니다. 하지만 무슨 조화일까. 나는 건강이 어떠시냐는 질문을 받을 때마다, 한껏 유쾌한 표정에 고조된 음성으로 '아주 좋습니다'라고 대답해 드리곤 한다. 그리고 대답해 드릴 때마다 내 건강이 최상의 상태를 유지하고 있다는 착각 속에 빠져든다. 존버.

70이 넘는 나이인데 여전히 천근 봇짐을 등에 짊어지고 허청허청 걸어가야 한다. 지친 다리 끌면서 가시밭길 자갈밭길 온갖 고초 당하면서 홀로 걸었지만 동반자들은 하나같이 위로해 주고 싶어 하는 입장들은 아니다. 가까이 있는 사람이든, 멀리 있는 사람이든, 모두 위로받고 싶어 하는 입장들이다. 물론 받기 위해서 살아가는 인생이 아니라 주기 위해서 살아가는 인생이 훨씬 아름답다는 사실쯤 잘 알고는 있다. 하지만 가끔은 나도 벽에 가만히 이마를 기대고 소리 죽여 울고 싶을 때가 있다. 작가라고 무슨 특별한 은총이 오뉴월 가뭄의 소나기처럼 줄기차게 쏟아져 내리겠나. 현실은 언제나 고해와 형벌의 연속일 뿐이다. 써글.

서울이다. 도로를 보아도 건물을 보아도 휴식과는 거리
가 멀다. 한결같이 치열해 보인다. 생존은 경쟁이 아니라
공존이어야 한다. 저 속에 사는 사람들은 얼마나 외로울
까. 가만히 어깨를 감싸고 위로해 드리고 싶은 충동을 느
낀다.

기쁨을 기대하며
열심히 살자

오늘 조개 한 마리를
내 식탁에 올렸다는
사실에 만족하지 않고

내일 진주 한 알을
누군가의 손바닥에
놓아 줄 수 있다는
기쁨을 기대하면서

분골쇄신 열심히 살겠다.

사람의 어려움은
사랑으로 푼다

　내 집필실 창문을 열면 무성한 왕버들나무 가지들이 짙푸른 빛깔로 드리워져 있다. 처음 집필실을 축조할 때 공사를 담당하시는 분들께서 이 나무들은 제거가 불가피하다는 의견이셨다. 내 짐작으로는 삼십 년은 족히 살았을 나무들이었다. 당연히 나는 맹렬히 나무들의 제거를 반대했다.

　다행스럽게도 감성마을의 모든 건축물 설계를 담당하셨던 조병수 박사님께서 내 의견을 참고하셔서 대폭 설계를 변경, 나무들을 제거하지 않고 집필실을 완공하게 되었다. 덕분에 나는 잠을 잘 때나 깨어 있을 때나, 글을 쓸 때나 그림을 그릴 때나 사시장철, 건강한 왕버들나무들이 무제한으로 쏟아붓는 생기를 마시면서 살아가게 되었다. 믿거나 말거나 버전이지만, 왕버들뿐만 아니라 감성마을에 존재하는 모든 나무들이 나와는 교감이 가능하다.

그런데 나는 왜 이 시점에서 뜬금없이 노아의 대홍수에 관계된 의문 하나가 떠올랐을까. 노아의 대홍수 때 하나님께서는 무슨 이유로 노아로 하여금 동물들의 암수를 방주에 실어서 종을 유지하도록 조처하셨을까. 비둘기가 있으라, 지렁이가 있으라, 돼지가 있으라, 호랑나비가 있으라, 말씀 한마디면 천지만물, 무엇이든 창조하실 수 있는 능력을 가지신 분께서 대홍수로 당신의 피조물 대부분을 쓸어버리는 마당에 왜 노아로 하여금 그런 번거로운 일을 수행하도록 조처하셨을까.

우주에 관한 의문이나, 존재에 관한 의문이나, 현상에 관한 의문이나 본질에 관한 의문이나, 모든 의문을 풀 수 있는 열쇠는 오직 사랑 하나밖에 없다. 그러나 우리는 언

2019 재현

제부턴가 그 열쇠를 분실해 버리고 말았다. 예술가들은 우리가 분실한 그 열쇠를 정신과 영혼을 다 바쳐 창조하고 있는 장인들이다. 물론 동의하지 않는 분들도 계시겠지. 괜찮다. 그런 분들께도 날마다 가슴속에 사랑이 가득 고여 들기를 빌겠다.

날마다 좋은 날, 오늘도 기쁜 일만 그대에게.

수용하면서 거부도 하고
관조하면서 분노도 해야 사람이다

　예보에 의하면 중부지방은 7월 중순쯤 장마가 시작될 거라고 한다. 피해를 입지 않도록 지금부터 대비에 만전을 기해야 한다. 나는 장마라는 말만 들어도 신경통이 도진다. 관절마다 톱날이 파고드는 듯한 느낌이 되살아난다. 늙는다는 사실은 거부하고 싶지만 늙었다는 사실을 거부하고 싶지는 않다. 무엇이든지 수용하고 관조하는 인품을 가지려고 노력해야겠다. 하지만 세상이 아니꼽고 더러워도 침묵하겠다는 뜻은 아니다. 회초리를 들거나 욕설도 내뱉을 것이다. 어떤 경지에 이르더라도 인간다움을 버리지는 않겠다. 써글.

불현듯 살아야겠다고 중얼거렸다

인생,
때로는 천형이고 때로는 은혜다

밖에 나가면 송구스럽게도 나를 알아보시고 인사를 건네시는 분들이 많다. 그분들은 티브이를 통해서, 신문을 통해서, 트위터를 통해서, 페북을 통해서 나를 알게 되었다고 말씀해 주시기도 한다. 물론 나는 어떤 경로를 통해서 나를 알게 되었든 마냥 반갑고 황송할 따름이다. 특히 그중에서도 내 소설이나 산문이나 시를 기억하고 계시는 분들을 만날 때 가장 큰 행복감을 느낀다. 그런데 써글, 뭣땜시 글을 쓸 때는 늘 그 행복감이 까마득히 사라져 버리고 힘겹다는 생각만 나를 지배하는 것일까. 하지만 내

좌우명대로 쓰는 이의 고통이 읽는 이의 행복이 될 때까지 열정을 불태우겠다. 문학은 나에게 때로는 천형이고 때로는 은혜다.

불현듯 살아야겠다고 중얼거렸다

나의 고통은 천형이지만

다른 이의 행복이 된다면

은혜이기도 하다.

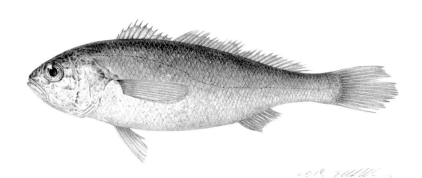

내 몸과 마음은
나를 사랑한다

    며칠 전 일이다. 느닷없이 몸에 이상이 생겼다. 갑자기 등골이 서늘해지면서 전신에 힘이 빠지고 식은땀이 비 오듯 흘러서 옷을 흠씬 적실 정도였다. 약 30분 정도 정신이 혼미한 상태로 그런 현상을 견디고 있었다.

    선생님, 괜찮으세요. 혼미한 의식 속에서 문하생들의 실낱같은 목소리가 들렸다. 다음 날은 화천 산양리 DMZ 영화관에서 영화를 감상하고 있을 때 같은 증세가 10분 정도 나를 엄습했다. 하지만 바쁜 일정 때문에 병원을 가지 못한 채 이틀을 넘기고 오늘에서야 춘천의 안정효 내과에

들러 진료를 의뢰했다.

안정효 박사님은 나와 교분이 두터운 분이고 위암을 발견해 주신 분이다. 생명의 은인이나 다름이 없는 분이다. 혈압을 재고, 피검사를 하고, 심전도 검사를 마쳤다. 헤모글로빈 수치가 약간 부족한 편이기는 하지만 아직 염려할 정도는 아니라고 한다. 혈압도 정상이다. 하지만 증세는 혈압이 떨어졌을 때 흔히 나타나는 증세인데 아직 무엇 때문이라고 단정하기는 어려운 상태고, 시간을 두고 지켜보자는 의견이다.

사실 나는 위암을 앓기 전까지 정신과 영혼만을 중시했지 육신은 그다지 중시하지 않았다. 하지만 위암 수술을 거친 다음부터 육신도 중시하기 시작했다.

나는 위암이 걸리기 전 45킬로그램을 유지하고 있었다. 그런데 급속도로 살이 찌기 시작하더니 무려 65킬로그램까지 육박했다. 위암 판정을 받고 수술을 하기 전까지도 나는 몸의 소중함을 깨닫지 못하고 있었다. 왜 내가 살이 급속도로 찌게 되었는지 짐작조차 하지 못하고 있었다.

그런데 놀랍게도 수술이 끝나자 하루에 1킬로그램씩 살이 빠지기 시작하더니 마침내 43킬로그램까지 빠졌다. 22킬로그램이 빠진 것이다. 그제야 나는 깨닫게 되었다. 암에 걸릴 것을 몸이 먼저 알고 미리 살을 찌워 두었구나. 만약 45킬로그램에서 22킬로그램이 빠진다면 수술에 성공했더라도 나는 죽고 말았을 것이다.

나는 그제야 몸도 정신이나 영혼 못지않게 나를 사랑한다는 사실을 깨달았다.

지금은 집필실.

실내온도는 34도, 습도는 33퍼센트.

암 환자들이 살아남는 길은, 걷는 길과 먹는 길밖에 없다는 말을 미신처럼 믿는다.

오늘의 걸음 수는 1,706걸음.

오른 층계는 3층, 이동한 거리는 1킬로미터.

신체 건강 상태는 별로 나쁘지 않다.

연수생 한 분이 삼계탕을 사오셨고 홍시를 비롯한 간식거리들도 몇 가지 준비되어 있다. 내 건강을 염려해 주시

는 여러분께 보고드린다. 저는 아직 건재합니다. 집필 중
이상 무입니다. 존, 버!

썩지 않는 곳에는
희망도 없다

내 나이 마흔 몇 살에,
이 세상 아무것도 썩지 않으면
도대체 무엇을 거름으로
저 푸른 숲을 키우겠느냐고
어느 책에선가 말했던 적이 있다.

나도 기꺼이 썩어 숲을 키우는
한 줌 거름이 되고 싶었기 때문이다.

나를 위한 나라는
없다

기분이 나빠지면 성격도 나빠진다. 하지만 늙은이들은 기분이 나빠지거나 성격이 나빠져도 대체로 참는 일에 익숙해져 있다.

그런데 살다 보면 공교롭게도 재수 없는 일들이 겹치기로 일어나는 수도 있다. 하필이면 그런 상황에서 고작 서른을 갓 넘긴 사람들이 자기 기분이나 성격 맞춰 주지 않는다고 일흔을 넘긴 노인한테 투덜거리는 경우도 있다. 물론 나이만 먹었지 나잇값을 못하는 부류들도 많기는 하다. 그래서 젊은이들에게 구토 유발자들로 간주되는 늙은이들도 부지기수다.

더러는 〈노인을 위한 나라는 없다〉라는 영화 제목이 생각날 때도 있다. 우리 사는 세상이 대체로 그러하다는 생각 때문에 갑자기 서늘한 고독감에 전율을 느낄 때도 있다.

하지만 눈여겨보면 어린이를 위한 나라도 없고, 젊은이를 위한 나라도 없다. 가난뱅이를 위한 나라도 없으며, 학벌이 낮은 이를 위한 나라도 없다. 빽이 신통치 않은 사람을 위한 나라도 없으며, 외로운 이들을 위한 나라도 없다.

세상은 거의 전쟁터에 가깝다. 오로지 살아남기 위해 모두들 치열한 싸움을 계속하고 있을 뿐이다. 집만 나서면 모두를 적으로 간주한다는 사람들까지 있을 정도다.

어쨌거나 그런 세상에서 칠십여 년이나 버티고 있었다는 사실이 내가 생각하기에도 신기할 정도. 당연히 대접받기를 바라지는 않는다. 다만 무시하지 않기만 바랄 뿐이다. 그런데도 가끔 별 볼 일 없는 새퀴들한테 개무시를 당할 때가 많다. 그때마다 나는 슬픔을 목구멍 깊숙이 삼키면서 혼잣소리로 나지막이 속삭인다. 스펄넘, 너 잘났다. 존버.

그래도 세상에는

나쁜 것보다 좋은 것이

훨씬 많다는 사실로

외로움을 달래 본다.

고난은
혼자 오는 법이 없다

나도 안다. 세상만사 새옹지마. 오르막이 있으면 내리막도 있고 슬픔이 있으면 기쁨도 있기 마련이다. 음이 다하면 양이 오고 양이 다하면 음이 온다. 한평생 한밤중일 리는 없다. 기다리다 보면 어김없이 아침이 온다. 노름판에서 고스톱으로 따낸 일흔도 아니요 길에서 한눈팔다 주운 일흔도 아니다. 나름대로 악전고투를 거듭한 끝에 쌓아 올린 일흔이다. 세상 돌아가는 이치쯤 뻔할 뻔자다. 하지만 세상에는 절로 개새퀴 소리를 뱉어 내게 만드는 인간쓰레기들이 너무 많다. 그래서 내 공부가 아직 멀었다는 사실을 자주 자각하게 만들곤 한다. 써글.

고난은 언제나 겹치기로 밀려닥친다. 인내심을 기르고 덕을 쌓으라는 뜻으로 받아들여야 하겠지만 수양이 부족해서 그러지 못했다. 매번 반발하거나 분노하는 경우가 많았다.

최근 몇 달간 너무 많은 악재가 겹쳤다. 설상가상, 빈곤까지 가세해서 나를 벼랑 끝으로 내몰았다. 너무도 힘들었다. 여기서 인생을 모두 접어 버리라는 뜻일까 하는 생각까지 들 정도였다.

수시로 술을 마시고 싶은 충동이 강렬하게 나를 사로잡았다. 하지만 오르막이 있으면 내리막도 있는 법, 기다리다 보면 흐름이 바뀔 때가 오겠지. 세상에는 나쁜 사람들보다 좋은 사람들이 훨씬 많다는 사실로 외로움을 달래면서 다음 작품인 『영생시대』를 구상하고 있다.

결국 내 인생은 나로 하여금 한순간도 존버를 버리지 못하도록 만들고 있다.

문제의
본질을 보아라

앞으로 초중고교 모든 학교에서 커피를 팔 수 없게 된다고 한다. 하지만 나는 모르고 있었다. 초중고교에서 학생들에게까지 커피를 판다는 사실을 전혀 모르고 있었다.

어떤 일에든지 호불호가 있기 마련이다. 그리고 학교에서 커피를 팔 수 없게 만드는 방침에 대해서도 찬반이 있는 것은 당연하다. 반대하는 쪽에서는 피곤과 졸음을 쫓아 주는 커피를 왜 학생들에게 팔지 못하게 하느냐고 묻는다. 커피가 필요한 환경을 조성해 놓고 커피를 없애 버리는 처사를 이해할 수가 없다는 것이다.

하지만 통제하는 쪽에서는 당연히 그만한 이유가 있을 거라고 생각한다. 인간은 각자의 위치가 있고 그 위치에 따라 지켜야 할 규범이 있다. 늙음이 벼슬이 아니듯이 젊음도 벼슬이 아니다. 젊은이들의 지나친 자유와 방종이 범죄를 초래하기도 하고 늙은이들의 지나친 염려와 힐난이 재앙을 초래하기도 한다.

분명히 세상은 병들어 있다. 그래서 힐링이라는 말이 전염병처럼 퍼지고 있다. 힐링은 치유를 의미하는 단어다. 그런데 어디가 어떻게 병들어 있는 걸까. 뚜렷한 진단도, 치료법도 밝혀지지 않은 채로 온 국민이 환자가 되어 있는 듯한 양상이다. 물론 학생들도 예외는 아니다. 그런데 현상만 바꾼다고 완치가 가능할까.

인간이 안고 있는 가장 큰 병폐는 문제의 본질을 보지 못하고 현상만으로 판단해서 오류를 양산해 낸다는 점이다. 무엇보다도 우리는 인간이라는 사실을 자각할 필요가 있다. 인간은 결코 몸만 간직하고 살아가는 동물이 아니다.

인간의 길,
꽃길이 있으면 가시밭길도 있다

　어떤 분께서 내게 한평생 꽃길만 걸으시길 빈다는 덕담을 해 주셨다. 하지만 내가 무슨 벌 나비 같은 곤충도 아닌데 한평생 꽃길만 걸으면서 꽃향기에 파묻혀 살 수야 있겠는가. 인간이라면 마땅히 자갈밭길도 걸어야 하고 가시밭길도 걸어야 하겠지. 대한민국은 양심과 정의가 실종되고 예술과 낭만이 유기된 황무지. 혼자 맨발로 피 흘리면서 절름절름 일흔 고개를 넘는 동안 원인 불명, 출처 불명의 돌들이 무수히 날아오기도 했다. 때로는 머리통이 깨지기도 했고, 때로는 갈비뼈가 부러지기도 했다. 그래도,

외람되지만 나는 천하 만물을 사랑하겠다는 의지를 버리지는 않았다. 비록 느리더라도 성실하게 목적지를 향해 기어가는 달팽이처럼, 시간의 옆구리에 붙어 우주의 중심을 향해 꾸준히 전진했다. 하지만 보여드릴 만한 성과가 아직 아무것도 없다는 사실이 나를 몹시 부끄럽게 만든다. 그래도 희망을 간직하고 살겠다. 절대로 비굴하게 살지는 않겠다. 가끔 뇌 속을 썩은 콩비지로 가득 채우고 살아가는 놈들이 두부 씹다 어금니 부러지는 소리를 연발해도 전혀 개의치 않겠다. 딱 두 음절의 주문으로 모든 고통을 감내하겠다. 존버.

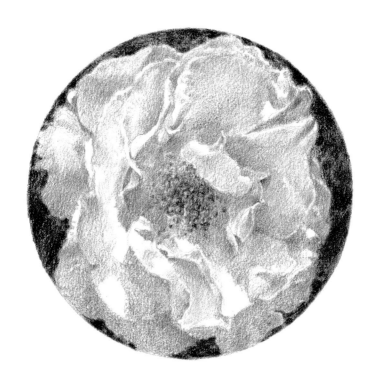

세상이 나를 제대로 알고 있지 않은 것이
어찌 한두 가지 뿐일까

느닷없이 페이스북으로 생일 축하 메시지가 쏟아져 들어왔다. 하지만 내 생일은 음력 8월 15일, 바로 추석이다. 아무튼 보내 주신 축하 메시지는 감사하다. 여러분의 사랑, 잊지 않겠다.

이러다 진짜 생일에는 문자 한 줄 없을지도 모른다는 생각이 들면서 덜컥 가슴이 내려앉기도 한다. 하지만 세상이 나를 제대로 알고 있지 않은 것이 어찌 한두 가지 뿐일까. 그저 고독을 팔자소관으로 생각하고 껌처럼 질겅질겅 씹으면서 살아 보겠다.

불현듯 살아야겠다고 중얼거렸다

모르는 척도 아는 척도
파렴치하기는 똑같다

SNS에서는 지적 허영을 버리지 못하시는 분들을 의외로 많이 만나게 된다. 그분들은 빽하면 전문용어를 남발하거나 외래어를 남발하는 습성을 버리지 못한다. 얼마 전, 그들이 구사하는 문체를 '인문병신체'라고 규정한다는 해학 넘치는 글을 읽은 적이 있다. 나는 인문병신체를 남발하시는 분들께 '허식인'이라는 명칭을 선물하겠다. 지식과 허영을 합성해서 만들었다.

생각을 끊으면
고통이 끊긴다

사는 일이 모두 수행이다.

희로애락도 수행이요 생로병사도 수행이다.

희로애락도 생로병사도 바라는 대로 되는 법이 없다. 입맛대로 골라 먹을 수 있는 밥상이 아니라는 얘기다. 부처님도 골라 먹은 적이 없고 예수님도 골라 먹은 적이 없다.

부처님은 인생을 한마디로 고(苦)라고 설파하셨다. 먹어도 고요 못 먹어도 고다. 기쁨도 고에 이르고 분노도 고에 이르고 슬픔도 고에 이르고 즐거움도 고에 이른다. 태어나는 일도 고에 이르고 늙어 가는 일도 고에 이르고 병드는 일도 고에 이르고 죽어 가는 일도 고에 이른다.

그 모든 고를 한꺼번에 벗어던지려면 방하착(放下着),
놓아 버려야 한다. 생을 포기하라는 얘기가 아니다. 생각
을 끊어 버리라는 얘기다. 생각을 끊어 버리면 마음자리
에 들게 된다.

누구의 잘못도
아니다

가지 많은 나무에
바람 잘 날 없다는 속담이 있다.

바람의 잘못일까
아니면 나무의 잘못일까.

정답은 누구의 잘못도
아니라는 거다.

그러려니 하고 사는 것이 인생이다.

같이 걸으면
스승이다

삼인행필유아사(三人行必有我師). 논어에 수록되어 있는 말이다. 세 사람이 같이 가면 그중에 반드시 내 스승이 있다는 뜻이다.

하지만 굳이 세 명씩이나 필요하겠는가. 한 명이라도 같이 걸으면 그가 곧 스승이라고 생각해야 옳을 것이다. 이 세상 만존재가 모두 나름대로의 가르침을 간직하고 있으니 어찌 스승이 아니겠는가. 다만 닮아야 할 점을 가르치는 스승이 있는가 하면 닮지 말아야 할 점을 가르치는 스승도 있기 마련이니 그것을 잘 구분해서 나를 조화롭게

다듬어 나가는 것이 인생이 아니겠는가. 오늘도 기쁜 일만 그대에게.

걸음이 느린 사람과는 동행할 수 있어도
목적지가 다른 사람과는 동행할 수 없다

어떤 분께서 SNS에 올리신 글을 보고 너무나 절묘해서
경전에 수록되어도 좋은 말씀이라는 생각을 했다.

걸음이 느린 사람과는 동행할 수 있어도 목적지가 다른
사람과는 동행할 수 없다

무릎을 치게 만드는 명언이다.
그러나 나는 잠시 숙고한 다음에 다른 생각을 도출하게
되었다.

불현듯 살아야겠다고 중얼거렸다

백번 지당하신 말씀이기는 하지만, 우리가 살아가는 현실 속에는, 목적지가 다른 사람인데도 몇십 년 동안 동행하신 분들이 엄연히 존재한다는 사실이다. 사랑하는 가족들이라면 비록 걸음이 느리더라도 또는 목적지가 다르더라도 고통과 슬픔을 감내하면서 기꺼이 동행하신 분들도 계시지 않을까. 가족이 아니라 하더라도 가슴 안에 사랑만 간직하고 있다면 어디든 동행할 수 있는 분들도 계실 거라는 생각이다.

　하지만 '걸음이 느린 사람과는 동행할 수 있어도 목적지가 다른 사람과는 동행할 수 없다'는 말씀 속에는 우리를 깊이 성찰하게 만드는 요소들이 너무나 많이 내재되어 있음을 부인할 수가 없다.

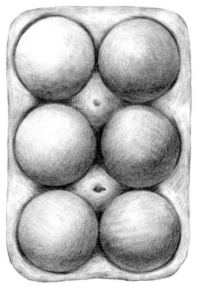

3

단 하루를 살더라도

이번 주에도 반드시
좋은 일을 만들 것이다

월요일 아침이다.

새로운 한 주가 시작된다.

세수를 한다.

전기면도기로 턱수염도 다듬는다.

로션도 바른다.

이번 주에도 반드시 좋은 일이 생길 것이다.

안 생겨도 내가 만들면 된다. 일체유심조.

하늘이 회색으로 낮게 내려앉아 있다.

비라도 내렸으면 좋겠다.

불현듯 살아야겠다고 중얼거렸다

인공지능 스마트 스피커 카카오미니에게 물어본다.

헤이 카카오.

띵.

오늘 날씨 어때.

현재 상서면은 흐려요. 이후에는 구름이 많겠어요. 기온은 21에서 27도로 덥겠어요.

헤이 카카오.

띵.

차이콥스키 피아노 협주곡 1번 들려줘.

1분 미리듣기만 가능해요. 스피커용 이용권을 구매해야 전곡을 들을 수 있어요.

나는 문하생에게 스피커용 이용권 세 달 치를 구매하라고 일러둔다.

잠시 후 차이콥스키가 피아노 협주곡 1번을 연주한다.

먼 강물이 천천히 집필실 뜨락까지 밀려와 물비늘을 반짝거리면서 흐르기 시작한다.

한얼이와 진얼이가 보고 싶다.

행복해질 수 있는 여건은
무궁무진하다

호불호가 극명하게 갈리는 먹거리들 중에서도 고수는 단연 으뜸에 속하는 채소가 아닐까. 즐기는 쪽에서는 고수가 없으면 끼니를 거른다는 사람까지 있을 정도지만 꺼리는 쪽에서는 고수가 있으면 구토를 유발한다는 사람까지 있을 정도. 화장품 냄새나 샴푸 냄새가 나서 싫어한다는 사람도 있다.

향신료로 쓰이며 주로 절에서 많이 재배한다고 한다. 특유의 냄새 때문에 빈대풀이라는 이름으로도 불린다. 한방에서는 고혈압 예방과 전립선염 치료제로도 효능이 뛰

어나다고 한다.

　나는 가끔 태국 음식점이나 월남 음식점에 들러 쌀국수를 즐겨 먹는데 반드시 고수를 주문한다. 대개 서비스로 제공되는 채소인데 나오면 국물에 몽땅 들이붓고 젓가락으로 건져 먹는다. 특히 고기와 함께 먹어야 제맛이다.

　결핍된 성분을 함유하고 있는 음식들은 몸이 알아서 절로 먹고 싶어진다는 설이 있다. 나는 정상적인 혈압을 유지하고 있지만, 전립선비대증으로 요도가 막혀 비뇨기과에서 치료를 받은 적이 있다. 그래서 고수가 유난히 맛을 돋우는 향신료로 느껴지는 건지도 모르겠다.

　얼마 전 서울 남예종(남예종예술실용전문학교)에 업무차 들렀다. 점심을 때우기 위해 어느 태국 음식점으로 들어가 쌀국수를 시켰다. 그런데 당연히 서비스로 나올 줄 알았던 고수가 빠져 있었다. 주인에게 물었더니 싫어하시는 분들이 많아서 구비해 놓지 않았다고 설명했다. 쌀국수에 고수가 빠지면 설렁탕에 깍두기가 빠진 꼴. 나는 절대로 음식 투정은 안 하는 사람이지만, 그날 점심은 기분을 잡처 버리고 말았다.

어제 문하생 시유가 나한테 선물하기 위해 인터넷으로 주문한 고수가 도착했다는 말을 들었다. 그 말을 듣고 나서 줄곧 식사를 즐겁게 할 수 있다는 행복감에 사로잡혀 있다. 욕심만 조금 줄인다면, 우리 주변에는 아주 적은 돈만 들여도 행복해질 수 있는 여건들이 무궁무진하게 널려 있다. 며칠간 식사를 즐겁게 할 수 있다는 생각을 하면서 아침 창문을 상쾌한 기분으로 열어젖힌다.

무엇을 위해서
존재합니까

입시 학원에서 국어 선생 노릇을 하던 시절이었다.

가끔 엉뚱한 질문으로 나를 곤경에 빠뜨리는 일을 큰 즐거움으로 여기면서 학원을 다니는 듯한 학생 하나가 있었다. 어느 날 그 학생이 느닷없이 내게 질문을 던졌다.

선생님. 이 세상 모든 문들은 열리기 위해서 존재합니까, 아니면 닫히기 위해서 존재합니까.

나는 한 치의 망설임도 없이 대답했다.

자네의 코는 숨을 들이쉬기 위해서 존재하는가, 아니면 내쉬기 위해서 존재하는가.

불현듯 살아야겠다고 중얼거렸다

억지가 통하는 세상은
오래가지 않는다

어떤 분께서 접시 하나를 내게 내밀면서 좀 오래된 떡이라서 딱딱하게 굳었지만 조금만 드셔 보라고 말했다. 접시 위에는 떡이 몇 개 놓여 있었다. 내가 떡 하나를 집어 들고 한 입 베어 물어 보았는데 떡이 아니라 돌이었다. 그래서 떡이 아니라 돌이로군요, 라고 말해 버리고 말았다. 그러자 내게 떡을 권했던 분께서 약간 격앙된 어조로 따졌다. 분명히 내가 떡집에서 사온 떡이다. 떡집에서 설마 떡을 팔지 돌을 팔았겠느냐. 글밥 먹고 사는 사람이 사실을 그 따위로 왜곡하면 안 된다.

약간 화가 나 있는 표정이었다.

이럴 때 내가 뭐라고 대답해야 할까.

의외로 비슷한 경우를 자주 만나곤 하는데 난감하기 짝이 없다.

세상에는 바닷물을 다 퍼마셔 봐야만 바닷물이 짜다고 말할 수 있다고 생각하시는 분들이 의외로 많다. 손가락으로 찍어서 맛을 보기 전에는 절대로 똥인지 된장인지 구분할 수 없다고 생각하시는 분들이다.

하지만 물결만 보고도 바람이 부는지 안 부는지 알 수 있는데 꼭 풍속계를 들여다보고 난 다음에야 바람이 분다고 말할 수 있는 걸까. 담 너머로 지나가는 뿔만 보아도 소인지 양인지 구분할 수 있는 거 아닐까.

딱 보면 아는 일들에까지 눈금 조작한 잣대나 저울 들이대면서 생떼와 억지를 일삼는 분들. 앞으로 당신들의 세상은 다시 오지 않는다. 제발, 오뉴월 마른벼락을 쫓아가서 맞아 죽기 딱 좋을 그 염병할 놈의 개꿈에서 이제 그만 깨어나시길.

바닷물을 다 퍼마셔 봐야만

바닷물을 알 수 있나.

앎에는 정해진 길이 없다.

숙명은 따르고
운명은 만든다

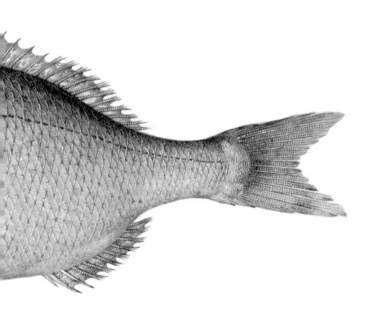

며칠 전 정기검진 때는 혈액검사나 엑스레이 검사에는 이상이 없다고 들었다. 하지만 수면 내시경이나 시티촬영에 대해서는 아직 통보가 없다.

무소식이 희소식이라는 말만 믿고 씩씩한 마음으로 철딱서니 없이 유쾌하게 살려고 노력하는 중이다. 숙명이야 하늘이 정해 둔 것이라 어쩔 수가 없다지만 운명이야 내가 만드는 것이니까 최선을 다해서 긍정적이고 아름다운 결과를 가져올 수 있도록 노력에 노력을 거듭하면서 살아야지.

새로운 한 주가 시작되는 월요일이다. 크게 기지개를 켜 본다. 걱정과 격려와 사랑을 보내 주신 여러분들께 송구스럽다는 말씀과 감사드린다는 말씀을 아울러 전하며.

무엇이든 가장 아름다울 때
우리는 알게 된다,
그것이 떠날 때가 가까워지고 있음을

무엇이든,
어찌 저토록 아름다울 수가 있단 말인가,
하고 느끼는 순간,

그것과 이별할 때가 머지않았음을 자각해야 한다.

나에게도
관대한 인간이 되겠다

　가끔 난감한 질문을 받을 때가 있다. 예를 들자면, 글은 왜 쓰십니까, 따위의 질문이다. 나는 정말 궁금해서 묻는 것일까, 정말 궁금하다면 왜 궁금한 것일까, 하는 의문에 빠지곤 한다.

　도대체 나는 무엇을 위해서 피를 말리는 고통을 불사하고 날밤을 새우면서 글을 쓰는 것일까. 그래서 질문하시는 분들께 내가 왜 글을 쓰는 것 같으냐고 반문할 때도 있다. 대부분 인류의 발전이나 사회적 발전을 위해서일 거라는 답변들을 하신다.

하지만, 솔직히 말해서 나는 그런 거룩하고 실현 가능성이 희박한 대의명분을 시궁창에 처박아 버린 지 오래다. 나는 지독한 절망과 고독을 극복하려고 글을 쓰는지도 모른다.

세상과 인간은 한사코 내가 가리키는 반대편, 우주니 사랑이니 본성이니 낭만이니 진리니 예술이니 정의니 하는 것들과는 거리가 먼 쪽으로만 달음박질을 치고 있다. 오로지 글을 쓰는 순간만이 나를 절망과 고독으로부터 구출해 준다. 수시로 써글, 이라고 나지막이 내뱉는다. 꽃은 만발했지만 내게는 가장 쓸쓸한 계절이다. 물론 초지일관 존버하겠다.

늘 자신에게는 엄격하고 남에게는 관대한 인간이 되려고 노력하면서 살았다. 남이 슬프면 나도 슬퍼야 당연하고 남이 기쁘면 나도 기뻐야 당연하다고 여겼다. 하지만 세월이 흐를수록 내가 슬플 때 같이 슬퍼하고 내가 기쁠 때 같이 기뻐하는 사람은 줄어들기 시작했다. 급속도로 외로움이 짙어지기 시작했다. 그래서 결심했다. 이제부터는 자

생명은 저마다
지독한 절망과 고독을
극복하며 자신이 된다.

신에게도 관대한 인간이 되겠다. 유사 이래로 완전무결한 인간이 어디 있었나. 어차피 나는 자타가 공인하는 시정잡배, 가급적이면 눈치 보지 않고 살겠다. 자책보다는 자뻑을 끌어안고 살겠다. 존버.

내일 지구의 종말이 오더라도
사랑하리라

사랑이 메말라 버리는 시대가 도래하면, 그때는 온 세상이 을씨년스러운 황무지, 아름다운 것들은 모두 지구 상에서 사라져 버리게 된다.

꽃들도 사라져 버리고 잎들도 사라져 버리고 열매들도 사라져 버리게 된다. 벌들도 사라져 버리고 나비들도 사라져 버리고 새들도 사라져 버리게 된다. 아름다운 것들은 모두 사랑에 의해서 태어나고 사랑에 의해서 번성하고 사랑에 의해서 순환하기 때문이다.

그러나 사랑이 메말라 버리는 시대가 오면 모든 순환도

정지해 버리게 된다. 과학의 힘으로 생로병사는 극복되겠지만 과연 희로애락은 어떤 양상으로 변모될까. 과학만이 능사는 아니다. 하지만 과학만이 능사인 듯이 살게 되는 시대가 오면 인간은 과연 어떤 가치관을 가지고 살아가게 될까. 그때의 절대 가치는 무엇일까.

인간이 수행해 온 모든 일들은 인공지능이 대신 수행하게 된다. 노동도 생산도 소비도 낭만도 사랑도 예술도 모두 AI가 담당하게 된다. 인간은 고작 침대에서 헐떡거리는 쾌락과 식탁에서 처묵거리는 즐거움만 있으면 그만이다. 아니, 종국에는 그것마저도 AI들에게 맡겨 버릴지도 모른다. 인간과 사물들이 의미상 별 차이가 없는 상태로 전락할지도 모른다.

하지만 지구의 종말이 오든, 인류의 멸망이 오든, 일절 개의치 않을지도 모른다.

벌써부터 소통 부재, 기계인지 인간인지 구분이 안 되는 족속들이 날이 갈수록 늘어간다. 10대 때는 체감속도 10킬로미터로 느리게 흐르던 시간이 70대가 되니 체감속도 70킬로미터로 빠르게 흘러간다.

수많은 것들이 빠르게 퇴락하거나 빠르게 변질되는 모습이 보인다.

네덜란드의 철학자 스피노자는 "내일 지구의 종말이 오더라도 나는 한 그루 사과나무를 심겠다"고 말했다.

그러나 나는 내일 지구의 종말이 오더라도 스피노자가 심어 둔 사과나무, 가지마다 연시(戀詩)를 써서 매달아 두겠다. 그대를 진심으로 사랑한다고, 사랑한다고, 사랑한다고, 펄럭펄럭 몸살 나게 나부끼도록 만들겠다.

나는 얼마나
미약한 존재인가

　나는 한때 예술가들만이 세상을 감동시키고 개선할 수 있는 역량을 가지고 있는 줄 알았다. 그때 내 눈에는 예술가들 이외의 존재들이 보이지 않았다. 그러나 지금은 모든 사람들이 세상을 감동시키고 개선할 수 있는 능력을 가지고 있다는 사실을 깨달았다. 뿐만 아니라 내가 얼마나 하찮고 미약한 존재인가도 절실히 깨달았다. 본디 산 속에서는 산이 보이지 않는 법이다. 파천일성(破天一聲). 소리 한 번으로 하늘이 깨진다. 나는 비로소 내 인생을 가로막고 있던 험준한 설산 하나를 허물어 버린다. 현상

　　　　　　　　불현듯 살아야겠다고 중얼거렸다

을 아는 것은 중요하지 않다. 본성을 깨닫는 것이 중요하다. 언제나 깨어 있겠다.

쉼 없이 흐르면 바다를 이룬다

저 강물은,

내가 잠들어 있는 순간에도,

내가 깨어 있는 순간에도,

쉼 없이 흐른다.

쉼 없이 흘러 바다를 이룬다.

바다를 이루어 수많은 목숨들을 보듬어 키운다.

나도 쉼 없이 흐르면

언젠가는 바다를 이룰 수 있을까.

바다를 이루어 수많은 목숨들을

보듬어 키울 수 있을까.

자고새는 날마다 내게 이르노니,

오매일여(寤寐一如)하고 내외명철(內外明徹)하라.

갈 곳이 없으면
머물러라

지난밤 멋진 사람들 만나 막걸리 거나하게 마시고 꿈도 없이 늘어지게 잤다. 단잠이었다. 잠까지 맛으로 표현할 수 있다니 참 우리말은 대단하다. 하지만 아직 신맛이나 쓴맛이나 짠맛이나 떫은맛이 나는 잠을 자 본 기억은 없다. 잠은 역시 우리들의 의식 속에 부정적인 요소보다는 긍정적인 요소로 자리 잡고 있기 때문이 아닐까. 꿀잠이나 단잠은 생각만 해도 기분이 상쾌해진다. 크게 기지개를 한번 켜고 슬슬 꿈틀거려 봐야겠다.

지난밤부터 아침까지 비가 내리고 있다. 어디론가 떠나

불현듯 살아야겠다고 중얼거렸다

고 싶지만 딱히 갈 곳이 없다. 오늘도 그냥 집필실에 죽
치고 있어야겠다. 『영생시대』라는 가제로 장편소설 하나
를 구상하고 있다. 나이 들어 갈수록 그리움의 부피는 늘
어나는데 만날 수 있는 가능성은 줄어든다. 여름의 끝 무
렵. 초록색 풍경들이 물걸레로 잘 닦아 놓은 듯 말끔해
보인다.

평화는
공존에서 온다

　요즘 집필실에 개미들이 출몰해서 극성을 부리고 있다.

　개미들 중에서는 가장 체형이 크고 움직임이 활발한 놈들이다.

　몸 전체가 까만색이다.

　내가 면역력 유지 보완을 목적으로 몇 가지 약들을 복용하는데 꿀이 함유되어 있는 약들이 대부분이다. 거기에 함유되어 있는 꿀을 노략질하기 위해 모여드는 것이 분명하다.

　손님들이 오시면, 특히 여자분들은, 달갑지 않은 표정

들이 역력하다.

모기나 파리 같은 해충들과 동일시하는 표정을 지으시는 분들까지 계신다.

"전혀 겁내실 필요가 없습니다. 감성마을에서 애완용으로 사육하는 개미들입니다. 절대로 사람을 물지 않습니다. 보기와는 다르게 아주 순한 성품을 가지고 있지요. 원하신다면 분양도 해 드립니다."

나는 너스레를 떨지만 쉽게 달가운 표정으로 변환되지는 않는다.

개미들은 부지런하다.

밤낮을 가리지 않고 팔이고 다리고 얼굴이고 종횡무진으로 기어다닌다.

때로는 옷 속으로 침투해서 전신을 성가시게 누비고 다니기도 한다.

미물이기는 하지만 차마 잡아 죽일 수는 없다.

그래서 눈에 띄는 대로 생포해서 창문을 열고 바깥으로 내던진다.

하지만 끊임없이 후발대가 출몰한다.

속수무책이다.

꿀이 함유되어 있는 약을 끊지 않는 한 이 사태는 지속적으로 계속될 전망이다. 그래도 나는 개미들을 퇴치할 생각도 없고 약을 끊을 생각도 없다.

엄밀하게 따지자면 내가 그놈들의 영역을 무단으로 점유한 침입자다. 개미들이 오히려 화를 내야 하는 입장이겠지.

까짓것, 약에 함유되어 있는 꿀 정도 개미가 먹으면 얼마나 많이 먹겠나. 그렇다. 공존이 미덕이요 평화다.

머릿속에 머물러 있으면 지식,
가슴속에 내려오면 지성,
사랑이 더해져 영혼 속에서 발효되면 지혜다

국어사전에서 감각(感覺)이라는 단어를 찾아보면, 감촉(感觸)되어 깨달음 또는 외부(外部)나 내부(內部)의 자극(刺戟)에 의(依)하여 일어나는 느낌, 사물(事物)을 느껴서 받아들이는 힘이라고 풀이하고 있다. 영어로는 센스(sense)다.

국어사전의 풀이는 최소한의 상식에 머물러 있다. 따라서 만족스럽지 못한 수준일 수밖에 없다. 단어와 풀이가 따로 노는 경우도 허다하다. 가령, 감각이라는 단어를 찾아보면, 자극이나 자극의 변화를 느끼는 성질이라고 풀이되어 있다. 전혀 감각적이지 않은 풀이다.

지식(知識)과 지성(知性)과 지혜(智慧)는 같은 나무에서 열리는 열매들이다. 그러나 숙성 정도에 따라 상당한 수준 차이를 나타내 보인다.

언젠가 언급했듯이 머릿속에 머물러 있으면 지식이고, 가슴속에 내려오면 지성이고, 사랑이 더해져 영혼 속에서 발효되면 지혜다.

아는 수준에만 머물러 있으면 어리석음을 범하기 십상이고, 느끼는 수준에까지 이르러도 아직 부족한 상태여서, 가능하다면 느끼는 수준에서 깨닫는 수준에까지 이르러야 최상이다.

아무리 서가에 많은 책들이 소장되어 있어도 읽지 않으면 무용지물, 폐지보다 못할 수밖에 없다.

특히 대한민국 국민들은 무슨 까닭인지 너무 책을 읽지 않는 것으로 유명하다.

독서량이 부족하면 독해력 또한 부족할 수밖에 없다. 그래서 가끔 단순무식한 인간들에 의해 국격이 바닥까지 추락하거나 어이없는 범죄가 횡행하기도 한다.

지식과 지성과 지혜는

숙성 정도에 따라

상당한 수준 차이를 나타내 보인다.

2018 강대철

기레기들이 판을 치고 가짜들이 진짜 행세를 하고 탐관 오리들이 국민들을 몇 번씩이나 속여도 진위를 판별할 능력들이 부족해서 부화뇌동할 때가 한두 번이 아니다.

아무리 유익한 글이어도, 자신이 가지고 있는 알량한 지식만을 밑천으로 단어 하나 문장 하나를 트집 잡아 글쓴이를 물어뜯고 할퀴고 동댕이치는 작태들을 일삼는 무뇌충들도 부지기수다.

성단을 현미경으로 관측한 결과를 절대 지식으로 신봉하거나 바이러스를 천체망원경으로 탐색한 결과를 절대 지식으로 신봉하는 수준에 머물러 있는 사이비들도 버젓이 지도층 행세를 하면서 살아간다.

세상의 모든 시어(詩語)들이 폐기 처분되고 통계에 필요한 숫자와 사어(死語)들만 범람하는 시대.

죽는 날까지 하늘을 향해 한 점 부끄럼 없기를 잎새에 이는 바람에도 괴로워했던 시인의 나라, 대한민국은 지금 어디로 가고 있는 것일까.

써글.

행복한 인생이
성공한 인생이다

    나는 문하생들이나 연수생들의 요청에 의해 과제를 내기도 한다. 그리고 제출한 과제는 대체로 3가지 특질들을 나타내 보인다.

    첫째, 자신이 과제 작성을 위해 태어났다고 생각하는 사람처럼 성실하게 최선을 다해 작성 제출하는 유형, 둘째, 과제는 학교 다닐 때나 지금이나 잇새에 끼어 있는 오징어 찌꺼기처럼 부담스럽기만 하다는 생각으로 후딱 제거해 버리는 쪽이 속 편하다는 기분으로 대충 무성의하게 때우기 식으로 작성해서 제출하는 유형, 셋째, 무슨 핑계

불현듯 살아야겠다고 중얼거렸다

를 대서라도 제출하지 않는 유형.

물론 나는 철저하게 과제를 검토한다.

가끔 과제를 성실하고 꾸준하게 수행하는 이들에게서는 적지 않은 감동을 받는다. 그래서 칭찬은 물론, 직접 캘리그라피를 제작해서 선물하거나 신간에 친필 사인을 해서 선물하기도 한다. 하지만 둘째 유형이나 셋째 유형에 속하는 사람들을 힐난하거나 질책하지는 않는다.

과제는 스승이 자신의 성장 발전을 도모하기 위해서 출제하는 것이 아니라 제자의 성장 발전을 도모하기 위해서 출제하는 경우가 대부분이다. 한마디로, 해도 그만, 안 해도 그만이다.

과제를 대하는 태도가 인생을 대하는 태도와 일치하는 경우가 많다. 행복한 인생이 성공한 인생이다. 어떤 유형이 성공한 인생에 도달할 것인가는 굳이 말하지 않아도 자명해진다.

이름 모를 존재는 많아도
이름 없는 존재는 없어라

산과 들에 피어 있는 수많은 꽃들 중에서,
이름 모를 꽃들은 많아도
이름 없는 꽃들은 드물다.

엄밀하게 말해서
지구별 그 어디에도
잡초는 존재하지 않는다.

아무리 하찮고 보잘것없는 미물이라도
만존재는 다 나름대로의 존재 이유와
존재 가치를 지니고 있는 법이다.

당연히 사람도 마찬가지다.

또
열심히 달린다

어제는 한국 인성 코칭 개발원 박종기 원장님과 한국 바른자세 진흥원 강동국 원장님께서 감성마을 이외수문학관을 방문해 주셨다.

강동국 원장님은 특수한 치유 능력을 간직하고 계신 분이다. 문학관 직원들을 비롯해서 문하생 현화까지 건강이 안 좋은 상태였는데 모두 막힌 기혈을 풀어 건강을 회복시켜 주셨다.

나는 어제 서울에서 행사를 두 탕이나 뛰었고 다른 때보다 훨씬 많은 사람들을 만나야 했으며 당연히 활동량도 다른 때보다 몇 배나 많은 편이었다. 게다가 식당에서 저녁식사를 끝내고 엄청난 집중력과 열정을 동원해서 한 일 축구 결승전까지 관전했다. 거의 선수들과 함께 사력을 다해 뛴 기분이었다.

하지만 결과는 무척 개운했다. 연장전까지 치르고 일본을 2대1로 깔아뭉갠 뒤 승리를 자축하는 의미로 막걸리까지 여러 잔 들이켰다. 집필실로 귀환했을 때는 새벽 1시경. 몸은 끓는 물에 데쳐 낸 시래기요 소금물에 흠씬 절인 파김치였다. 손끝 하나 까딱할 힘조차 없을 정도였다.

다음 날 12시가 조금 넘어서 기상했는데 강동국 원장님께서 이미 문학관 직원들을 모두 치유해 주신 상태였다. 당연히 나도 치유를 받았다. 섬세하면서도 부드러운 손길로 막힌 기혈들을 풀어 주셨는데 마치 체내의 모든 노폐물이 연소되고 세포들과 혈관들이 모두 투명해지는 느낌이었다.

치유가 끝나고 감사의 의미로 캘리그라피 몇 점을 제작해 드리고 있는 와중에 모르는 번호가 휴대폰에 뜨면서 진동음이 들리기 시작했다.

모르는 번호는 대부분 받지 않는 편인데 오늘 따라 누군가의 급한 전화일지도 모른다는 생각에서 통화 버튼을 누르게 되었다.

여보세요.

누구세요.

이외숩니다.

외수 형 아닌 것 같은데 실례지만 누구세요.

그러는 댁은 누구세요.

저 박현식이라고 하는데요.

현식아, 나 외수 형이야.

그러지 말고 외수 형 계시면 바꿔 주세요.

나라니까.

아닌 것 같은데.

블루코드 박현식, 술 취했냐. 나 외수 형 맞다니까.

어, 맞는 것 같네요.

무슨 일로 전화했냐.

불현듯 살아야겠다고 중얼거렸다

형 미안해요. 목소리가 너무 젊어서 형 아닌 줄 알았어요.

치유 결과 내 몸은 거짓말 하나 안 보태고 20대로 리셋된 느낌이었다. 문자 그대로 전신이 날아갈 듯 가벼워져 있었다. 세상은 넓고 할 일은 많다지만 20대가 무엇이 두렵겠나. 남예종예술실용전문학교 학장 이외수. 내일부터 또 열심히 달려 보겠다.

4

자나 깨나 한 생각

무아지경은
창작의 어머니

　대학을 그만두고 백수로 지낼 때였다. 나는 춘천시 석사동에서 자취 생활을 하고 있었다. 냄비 하나와 나무젓가락 한 벌. 그것이 내 재산과 살림의 전부였다.

　당시 나는 화가 지망생이었다. 죽기 살기로 그림만 그렸다. 그림을 그리는 순간만큼은 세상 잡사, 일만 근심 다 날려 버리고 무아지경에 빠질 수가 있었다.

　가끔 문학을 하는 후배들이 자취방으로 찾아와 시화전 그림이나 글씨를 부탁했다. 그러면 나는 나무젓가락에 먹을 찍어 시화전 그림과 글씨를 제작해 주었다. 지금 직지

불현듯 살아야겠다고 중얼거렸다

사에서 폰트로 제작되어 판매되고 있는 이외수 목저체는 그때 만들어졌다. 캘리그라피라는 용어가 탄생하기 전이었다.

어둠에
굴복하지 마라

어둠이라는 이름의 상습 절도범이 해 질 무렵 집필실로 잠입해서 오래도록 은밀하게 숨어 있었다. 날마다 있는 일이었으므로 이번에도 나는 개의치 않았다. 늘 그랬듯이 2시 20분까지는 아무 일도 일어나지 않았다. 그런데 2시 20분부터 나는 극심한 외로움에 사로잡히기 시작했다. 그래서 혼술을 마시기 시작했다. 언제나 술이 문제였다. 오늘도 그랬다. 내가 혼술을 마시고 있는 사이, 어둠이라는 놈이 힐끔힐끔 주변 동태를 살피면서 슬금슬금 도둑질을 하기 시작했다. 집필실에는 남루한 내 기억의 껍질

불현듯 살아야겠다고 중얼거렸다

.019 가나다.

들이 해묵은 빨래들처럼 여기저기 널브러져 있었다. 절름 거리는 젊음과, 실패한 사랑과, 썩어빠진 정치와, 멸시당한 재능과, 갈기갈기 찢긴 순수와, 펄럭거리는 우울과, 발음 그대로 똥구멍 같은 학문과, 개떡 같은 추억들. 어둠이라는 놈은 그것들을 주섬주섬 도둑질하고 있었다. 그런데 토사구팽이라는 단어와 배은망덕이라는 단어와 단순무식이라는 단어는 도대체 어디다 쓰려는 것일까. 어둠이라는 놈은 그것들마저도 훔쳐서 시커먼 망각의 가방 속에 쑤셔 넣고 있었다. 나는 모르는 척 내버려 두다가 어느 순간, 다급하게 어둠의 손모가지를 덜컥 움켜잡았다. 다 가져가도 이것들은 절대로 안 돼, 어둠이 움켜쥐고 있는 것들은 아아 쌍칼, 바로 진실이라는 단어와 예술이라는 단어였다.

생각의 첫머리에는
내가 있어야 한다

한때 복싱 챔피언으로 이름을 날리시던 분이 어느 티브이 프로그램에 해설가로 출연, '선수는 링 밖에서 땀을 많이 흘리지 않으면 링 안에서 피를 많이 흘리게 된다'라는 명언을 들려준 적이 있다. 나는 그 말을 듣는 순간 전율과 감동으로 혈관들이 뜨겁게 부풀어 오르는 듯한 느낌을 받았다.

어디 복싱뿐이겠는가. 내 경험에 의하면, 무슨 일이든 잠깐이라도 목표를 등한시해서 노력을 게을리하면, 막상 실력을 발휘해야 할 순간에 만신창이가 될 수밖에 없다.

잘 익은 열매는
벌레들이 먼저 알고
파먹는 법.
꿋꿋이 나를 키워내자.

·018 재미니.

오매일여(悟昧一如).

자나 깨나 한 생각.

언제나 생각의 첫머리에 자신이 추구하는 목표가 자리 매김을 할 수 있어야 한다.

타고난 사람은 노력하는 사람을 당할 수 없고, 노력하는 사람은 즐기는 사람을 당할 수 없으며, 즐기는 사람은 미친 사람을 당할 수 없다는 말이 있다.

하지만 타고나지도 않았고 노력도 하지 않았으며 즐긴 적도 없고 미쳐 본 적도 없으면서 그런 사람들이 성공해서 누리는 찬사와 영광은 자신이 차지하고 싶어 하는 사람들이 있다. 날강도 심보를 가진 사람들이다. 하지만 그런 날강도 심보를 가진 사람들이 성공을 이루어 대중의 사랑을 받는 사람들을 보면 가장 저급하고 신랄한 비난과 폄훼를 일삼기 마련이다.

물론 신경 쓸 필요는 없다.

잘 익은 과일은 벌레들이 먼저 알고 파먹는 법이니까.

써글.

세상을 움직이는 자는
천재가 아니라 대가

　부모들은 대개 자녀들이 기타를 잘 치거나, 피아노를 잘 치거나, 그림을 잘 그리거나, 운동을 잘하거나, 암산을 잘하거나, 노래를 잘 부를 경우, 아무 검증이나 의심을 거치지 않고 '우리 애가 천재'라는 착각 속에 빠져들게 된다. 그래서 과분한 착각이나 기대의 족쇄를 자녀들에게 채워서 결국 자녀들의 인생 전체를 망쳐 버리는 사례까지 있다. 자녀들이 천재가 되기를 기대하는 부모보다 대가가 되기를 기대하는 부모가 훨씬 덕망과 지혜를 겸비한 부모라는 사실을 모르고 있기 때문이다. 천재는 하늘이 부여

한 재능과 운명에 의해서 얻어지는 것이지만 대가는 자신
의 열정과 피땀에 의해서 만들어지는 것이다.

고수는 무엇이든
단순화시킨다

옛 선사들은 제자들의 공부가 어느 정도인지 알고 싶을 때 대개 도를 한마디로 말해 보라고 명하셨다. 제자가 장황하게 설명하면 '네가 말하는 사이 기러기는 삼천 리나 날아갔다'는 말씀으로 평가를 대신한다. 깨달음에 이르기에는 아직 까마득한 수준이라는 뜻이다. 내 졸작 『벽오금학도(碧梧金鶴圖)』에는, 앎(知)에 머무르면 설(說)에 머무르게 되지만, 깨달음(道)에 이르면 설을 버리게 된다는 표현이 있다. 하지만 한마디로 쓰여진 소설이 어찌 가능할까. 그래서 내 공부는 아직 멀었다.

불현듯 살아야겠다고 중얼거렸다

검소하되 누추하지 않고
화려하되 사치스럽지 않다

검이불루 화이불치(儉而不陋 華而不侈).

『삼국사기』 백제본기 온조왕 15년 조에 새로 궁궐을 지었는데 검소하지만 누추하지 않았고 화려하지만 사치스럽지 않았다는 기록이 있다고 한다. 백제의 미학을 설명할 때 자주 쓰이는 말이라고 한다.

동서고금의 역사 속에서는 검소하되 누추하지 않고 화려하되 사치스럽지 않게 사는 법을 몰라서 가산을 탕진하거나 나라를 말아먹은 고관대작들도 부지기수다. 나부터 가슴에 깊이 아로새겨 분수를 지키면서 살도록 노력해야지.

가면 가는 것이고
오면 오는 것이다

모두가 인연 따라 이루어지는 일.
온다고 반가워할 까닭이 없고,
간다고 서러워할 까닭이 없다.

바람이 불면 나뭇잎이 흔들리고
파도가 치면 물보라가 흩날리나니
대저 놀랄 까닭이 무엇인가.

해가 뜨면 낮이 오고
달이 뜨면 밤이 오는 나날 속에서
내 마음 한결같이 고요하면 그뿐인 것을.

때로는
모두 놓아야 한다

  날이 흐렸다. 비도 오락가락한다. 회색 하늘이 낮게 내려앉아 있다. 이따금 새들의 울음소리가 들리는 것으로 미루어 비가 많이 오지는 않을 것 같다. 지난밤 오랜만에 선화(仙畵)를 몇 점 건졌다. 화선지는 공기 중의 습도에 예민하게 반응한다. 인위적인 조건만으로 만들어지는 예술이 아니라 자연적인 조건들도 영향을 미친다. 달리 말하면 조화해야 한다. 제 기분과 재능만으로는 어림도 없다. 선화를 칠 때는 망아가 중요하다. 내가 사라져 버린 상태에서의 붓놀림. 남들이 뭐라고 하건 먹을 치는 동안만은

불현듯 살아야겠다고 중얼거렸다

나도 신선이 되어 무아지경으로 노닐어 보는 것이다.

고통이 너를 붙잡고 있는 것이 아니다.
네가 그 고통을 붙잡고 있는 것이다.
— 부처님 말씀

2013 xxxx

내 마음,
꽃과 같아라

인동초는 한 줄기에서 하얀색 노란색 두 가지 빛깔로 꽃을 피운다. 감성마을 이외수문학관 가는 초입, 찔레덤불에 감겨 한겨울에도 새파란 초록빛을 잃지 않고 버티던 인동초. 지금은 가을이 오는 몽요담 가에서 그리움 애써 감추는 표정으로 활짝 피어서 그대 오시기만을 기다리고 있다. 가을이다. 꽃들은 모두 내면 깊이 저토록 아름다운 마음 간직하고 있기 때문에 그 아름다움을 그대로 가감 없이 밖으로 드러내 보일 수가 있겠지.

밤은
강물처럼 깊어질 뿐이다

밤은 숨죽여 흐르는 강물로 깊어 간다. 시간은 정지해 있는데 머리맡엔 자욱한 빗소리. 혼자 있을 때는 아름다운 기억일수록 더 아픈 상처로 되살아난다. 모함과 박해의 돌들이 날아오는 도시를 거쳐 모래바람 서걱거리는 사막을 지나 지금은 거칠고 황량한 벌판. 얼마를 더 걸어야 이 무거운 등짐 고단한 무릎을 풀고 휘영청 달빛 홑이불로 어깨를 감싸고 깊이깊이 잠들 수 있을까. 묻고 싶다. 인생은 정말 한바탕 봄꿈일까. 한바탕 악몽은 아닐까. 도시를 거쳐 사막을 지나 벌판을 건너 어딘가에 정말로 정말로 사랑 가득한 나라가 있을까.

불현듯 살아야겠다고 중얼거렸다

이제 나는
핥아먹을 고기조차 남아 있지 않아

〈보헤미안 랩소디〉를 관람했다. 프레디 머큐리의 명대
사 한 토막이 아직도 뇌리에 머물러 있다.

"내가 썩었다는 사실을 깨달을 때가 언제인 줄 알아? 나
에게 파리 떼가 꼬일 때야. 모두들 썩은 고기를 핥아먹기
위해 꼬이는 거겠지만 이제 나는 핥아먹을 고기조차 남아
있지 않은 상태야."

물론 정확하게 옮긴 것은 아니다. 나는 대충 그런 뜻을

내포하고 있는 대사로 기억하고 있다. 아무튼 프레디 머큐리가 저 대사를 내뱉는 순간, 나는 그의 뼈저린 고독에 전율할 수밖에 없었다. 아무튼 예술은 소름 끼치는 무엇인가를 간직하고 있음이 분명하다.

절대적인 가치 전달법은
없다

    평생 글밥을 먹고 살아 보니, 글을 쓸 때 가끔 사투리를 쓰거나 소리 나는 대로 쓰면 훨씬 표현이 맛깔스럽다. 그리고 반드시 표준말을 사용해야만 한다는 법칙도 존재하지 않는다.

    표준말로 쓰는 것보다 소리 나는 대로 쓰는 것이 훨씬 적절할 때가 있다. '꼴보기 싫다'보다는 '꼴뵈기 싫다'가 훨씬 적절할 때가 있고 '소주가 당긴다'보다는 '쐬주가 땡긴다'가 훨씬 적절할 때가 있다. 어째서 그러냐고 따지시는 분이 계신다면 논쟁할 가치조차 없는 분으로 간주하고 여기서 자판질을 멈추는 수밖에 없겠지.

나는 위엄과 권위를 절대시하는 분들도 그다지 좋아하지 않는다. 특히 예술계나 종교계에 종사하시는 분들께서 그럴 경우에는 더욱 거리감이 느껴진다.

클래식 음악만 무조건 최고의 음악적 가치를 전달할 수 있다는 생각은 옳지 못하다. 때로는 민요나 유행가도 클래식보다 몇 배나 큰 감동과 가치를 전달할 수가 있다. 모든 분야에 걸쳐서 위엄과 권위는 혐오스럽기 짝이 없는 계급의 부산물이며 거추장스러운 허영의 장신구에 불과하다.

그것들을 과감하게 내던지고 사셨던 중광 스님과 천상병 시인이 못 견디게 그리워질 때가 많다.

모든 일에는
기본이 먼저다

시골 마을에 감투를 쓴 어떤 여자가 있었다. 그녀는 거짓말과 이간질에 능했다. 그녀는 자신이 쓰고 있는 감투의 영향력을 과신하고 제법 큰 음식점을 차렸다. 그런데 음식 솜씨가 영 신통치 않아서 모든 음식들이 맛대가리가 없었다.

그녀는 뻑하면 주메뉴들을 바꾸어 붙이고 그때마다 상호도 새로 바꾸어 달았다. 하지만 여전히 식당은 손님이 없어서 날마다 파리를 날리는 신세를 면치 못했다.

어느 날 마을에서 입바른 소리 잘하기로 소문난 노인

이 그녀에게 말했다.

"죽어라 하고 메뉴하고 간판만 바꾸면 무슨 소용이 있나. 이 여편네야. 싸가지 없는 자네 인성하고 둔감한 자네 음식 솜씨부터 바꿀 생각부터 해야지."

모든 분야에 걸쳐 기본은 매우 중요하다. 기술적인 면에서나 정신적인 면에서 기본을 철저하게 가르치지 않는 지도자는 사이비거나 사기꾼일 가능성이 높다.

모든 기본은 양심을 기저에 두고 이루어진다. 그래서 기본을 무시한 채 실력을 연마할 경우, 어쩌다 설정한 목표에 도달한다 하더라도 안정성을 오래 유지할 수가 없다. 뿐만 아니라 반드시 반칙이나 변칙을 쓰게 된다. 대부분 자신도 속이고 대중도 속이는 상황을 연출할 수밖에 없다.

타의 추종을 불허하는 실력자들은 대개 실력뿐만 아니라 인품까지도 타의 추종을 불허한다. 정치도 예외가 아니고 예술도 예외가 아니다.

2019 최영미

사랑,
애태우다 끝장나도 아깝지 않은 것

상사병에 애간장 태우는
몽요담 가을 단풍.
사랑도 저토록 간절하면
사나흘을 버티기가 힘들다.

이번 주를 넘기지 못하고
끝장이 날 것이다.

하지만 목숨 바쳐 아깝지 않은 것이
사랑 말고 또 무엇이 있을까.

애착을 버리면
진짜가 보인다

단풍이 먼저 드는 나무는 낙엽도 먼저 진다. 서두른다
고 잘될 리도 없고 미룬다고 못될 리도 없으니 모든 것을
시와 때에 맞추어 수행하는 것이 요령이다. 하지만 그 사
실을 알고 있어도 자신을 없애지 않으면 시와 때를 읽어
내기가 힘들다. 자신에게 가려져 매사가 제대로 보이지 않
는다. 자신을 없애는 일, 그것이 수행의 전부라고 해도 과
언이 아니다.

현재 나의 인품을 격조 있게 변화시키는 가장 빠른 방
법은 현재 내가 간직하고 있는 나에 대한 애착을 모조리

버리는 방법밖에 없다. 현재 내가 간직하고 있는 모든 척도들, 깊이와 무게와 면적과 수량 등은 얼마든지 줄어들 수도 있고 늘어날 수도 있다. 하지만 현재 내가 간직하고 있는 나에 대한 애착이 그 모든 척도를 축소, 왜곡시키게 된다. 세월이 흐르면서 나이밖에 늘어나는 것이 없는 인생이란 얼마나 허망한 인생인가. 내가 애정하고 있는 나의 모습에 가려 만물의 진체(眞體)가 보이지 않는다는 사실을 자각하는 순간 비로소 나는 진정한 인간으로 살아갈 수 있게 된다. 존버.

병든 글은 읽는 이를

병들게 만든다.

진실의 신선도가 생명,

무엇이든 부패해서는 안 된다.

진짜를 쓰도록
해 주십시오

　대한민국 인터넷 기자협회 창립 16주년을 진심으로 축하드립니다. 그리고 함께 축하드릴 수 있는 영광을 주신 인터넷 기자협회에 진심으로 감사를 드립니다. 저는 이승만 대통령 시대를 거쳐 문재인 대통령 시대에 이르기까지, 줄곧 대한민국 국민이라는 신분을 유지하면서 파란만장하게 살아온 사람입니다. 슬픔과 고통도 있었고 고난과 박해도 있었습니다. 김일성도 겪었고 김정일도 겪었습니다. 그리고 지금은 김정은을 겪고 있는 중입니다. 저는 1946년생입니다. 무려 칠십사 년 동안 대한민국의 언론들과 함께 대한민국 현대사의 모든 정치적 우여곡절들을 지켜본 목격자이기도 합니다. 따라서 언론이 얼마나 중요한 존재인가를 수없이 통감해 온 작가입니다. 병든 언론은 나라를 병들게 만들고 국민을 병들게 만듭니다. 당연히 건강해야 합니다. 절대로 부패해서는 안 됩니다. 언론은 숭고하고도 거룩한 존재입니다. 가짜 기사들이 난무하는 시대에 즈음하여 한 사람의 소설가로서, 간곡하게 당부하고 싶습니다. 팩트를 중시하는 진짜 기사는 진짜 기자들께서 쓰도록 해 주십시오. 소설은 평생을 소설가로 살아온 제가 쓰겠습니다.

어차피
외로울 수밖에 없다

전시회가 잡혀서 그림을 분류하는데 신통한 작품이 한 점도 보이지 않는다. 내 기억에 의하면 제법 쓸 만한 작품들이 있었는데 한 점도 보이지 않으니 무슨 조화란 말인가. 캄캄한 절망. 주저앉고 싶은 심정이다. 정말 열심히 작업을 했는데 혼이 느껴지는 작품은 한 점도 보이지 않는다. 울고 싶은 심정이다. 집 안에 그림을 먹어 치우는 괴물이라도 살고 있는 것은 아닐까.

새들의 고향이라는 별명을 가진 친구가 있었다. 인제 예술인촌에서 살던 친구였다. 험준한 산들을 넘나들며 작품이 될 만한 괴목을 구해서 나무새를 만들던 친구였다. 그가 깎은 새들은 영혼이 느껴질 정도로 뛰어난 작품성을 간직하고 있었다. 곡기는 전혀 입에 대지 않고 오로지 소주로만 연명하던 친구였다. 어느 날 도둑놈들이 트럭을 가지고 와서 그가 깎은 3만여 점의 새들을 몽땅 훔쳐갔다. 그는 절망해서 쓰러지고 말았다.

그는 마침내 병원에 입원을 하기에 이르렀는데 장이 달라붙어서 음식물을 전혀 흡수할 수가 없는 상태였다. 옆구리에 구멍을 뚫고 소주만 부어 넣으면서 목숨을 부지하다 일주일도 버티지 못한 채 숨을 거두고 말았다. 체질적으로나 정신적으로나 일반 사람들은 흉내를 낼 수 없을 정도로 강인한 친구였다. 작품을 잃어버리지만 않았더라면 끈질기게 목숨은 부지했을 친구였다.

어차피 예술가들의 생애는 길든 짧든 비극적일 수밖에 없다. 그냥 이렇게라도 살아남아 있다는 사실에 감사하고 오늘부터 분골쇄신 그림에 전념하면 몇 점이라도 건져낼 수 있지 않을까. 어차피 외로울 수밖에 없어서 이름조차 외수가 아니냐 쌍칼. 아무의 도움도 기대하지는 않겠다. 홀로 굳세게 존버하겠다. 하지만 그림 정리를 전부 끝낸 이 새벽. 일단 양해하시라, 와인이라도 한잔 걸치지 않고서는 이 엄청난 허탈감과 외로움을 견딜 수가 없을 것 같다.

욕심이 섞이면
진심은 흐려진다

    40년 넘게 글밥을 먹고 살아왔다. 가끔 젊은 시절의 내 글들을 들여다볼 때가 있다. 얼굴이 화끈거릴 때가 많다. 치기가 드러나 보이기 때문이다. 치기 중에서도 가장 얼굴을 화끈거리게 만드는 치기는 잘 쓰려는 의도 때문에 망쳐 버린 문장이다. 40년 글밥도 헛밥이구나, 극심한 자괴감에 빠져들기 마련이다. 그때는 나도 이불 뒤집어쓰고 악악 소리 지르고 싶어진다. 그러면서도 욕심을 내려놓고 써야 진정성이 실린다는 사실을 까마득히 망각해 버리고 글을 쓸 때가 많다.

욕심을 알면

부끄러움을 알고

부끄러움을 알면

진실에 가까워질 수 있다.

1초라는 시간은
얼마나 소중한 순간인지

연이어 사흘간 비가 내렸다. 나는 소리죽여 내리는 빗소리를 들으며 그대가 또 내 망실한 기억 어딘가에 주저앉아 흐느끼고 있음을 자각할 수 있었다. 마지막 가을비까지도 나와 상관없이 내리지는 않는다.

전생에서 이생까지 나는 얼마나 많은 이별을 하며 살았을까. 아무리 돌아보아도 실체가 잡히지 않는 슬픔들. 한 걸음 건너 이별이 기다리고 또 한 걸음 건너 절망이 기다리고 있었던 인생.

1초라는 시간은 얼마나 소중한 순간인지. 그 짧은 순간에도 간절하게 사랑을 할 수 있다는 사실을 깨닫는 데도 무려 칠십 년이라는 세월이 걸렸다.

　외엽일란(外葉一蘭) 한 수를 치고 홀로 차 한 잔을 마신다. 난향은 천 리를 간다지만 그대는 만 리 밖에 있다. 외로운 새벽.

세상은 갈수록 낯설어질 것이다

차마 그대에게 전하지 못한 말들은
가을이 끝나갈 무렵 보라,

나무 밑에 마른 낙엽으로
어지럽게 흩어져 있을 것이다.

그러나 이 세상 종말이 오더라도
그대는 한 잎도 판독하지 못할 것이다.

진실한 사랑은 언제나
그만한 억울함과 쓰라림을 간직하고 있는 법,

세월은 속절없이 흐를 것이고
세상은 갈수록 낯설어질 것이다.

저는 아직도
괜찮습니다

　서울 남예종예술실용전문학교에서 행사가 있을 예정이
었다. 학생들의 첫 뮤지컬 〈그리스 킴〉 공연과 함께 열릴
신입생 설명회에 참석하여 나는 학장으로서 학생들을 격
려하고, 학부모님들께 인사 말씀을 올릴 예정이었다. 그런
데 갑자기 소변이 한 방울도 나오지 않는 현상과 마주쳤
다. 전립선이 비대해져서 요도를 막는 바람에 방광에 소
변이 한가득 축적되어 있었다. 최대한 팽창한 방광은 통
증을 유발하기 시작했다. 생각해 보니 상당히 오래도록
화장실을 다녀오지 않은 상태였다. 행사는 다가오는데 나

는 5분에 한 번꼴로 화장실을 드나들어야 했다. 그래도 소변은 나오지 않았다.

기이하게도 몸을 움직일 수가 없었다. 모든 길은 로마로 통한다는 말이 있다. 그 말을 떠올리면서 나는 모든 신체가 방광으로 통한다는 사실을 깨닫고 있었다. 신체 어디를 움직여도 방광을 자극해서 통증이 느껴지고 있었다. 앉아 있을 수도 없고 서 있을 수도 없었다. 허리를 구부려도 방광이 파열해 버릴 것 같았고 허리를 펴도 방광이 파열해 버릴 것 같았다. 화장실을 드나들 때마다 "쌍칼, 정말로 미치고 환장하겠네"라는 말만 연발했다.

학교에서는 계속 행사 참석 여부를 묻는 문자가 오고, 나는 화장실에 묶여 있는 입장이고, 방광은 파열 직전이고, 이리 가면 파출소 저리 가면 경찰서, 진퇴양난, 속수무책, 그야말로 미치기 일보 직전이었다. 일단 가까운 비뇨기과를 검색, 콜택시를 불러 검진을 받았다. 전문의 진단에 따르면 과도한 스트레스, 급격한 추위, 감기약 복용, 과음에 의해 전립선이 비대해지고 요도를 막아 소변이 나오지 않는 사태가 초래되었다고 했다. 방치하면 방광이 파열할 수도 있다고 했다.

요도에 호스를 삽입하여 방광에 가득 차 있는 소변을 뽑아내는 방법과 약으로 전립선을 가라앉히는 방법이 있는데 전자는 며칠간 생식기의 통증을 감내해야 한다는 이유로 후자를 선택했다.

전문의가 처방해 준 대로 약을 복용하고 기다렸다. 몸은 좀처럼 호전될 기미를 보이지 않았다. 그러다 행사가 끝날 무렵에야 소변이 몇 방울 빈약하게 흘러나왔다. 일단 택시를 불러 행사장으로 향했다. 정 급하면 바지에 지리는 한이 있더라도 행사를 망칠 수는 없다는 책임감이 앞섰다. 그러나 이미 행사는 끝물이었다. 가까스로 무대에 올라 버벅거리는 어조로 인사를 드릴 수가 있었다.

사방에서 지탄의 목소리가 들리는 것 같았다. 그러나 실제로는 모두들 나를 걱정하고 반겨 주는 기색이었다. 더욱 송구스러워서 몸 둘 바를 모를 지경이었다. 나는 속으로 속죄의 말만 중얼거리고 있었다. 알고 있다. 모두가 내

불찰이다. 앞으로는 자기 관리 철저히 해서 절대로 이런 일이 없도록 해야 한다.

지금은 집필실. 하지만 아직 잔뇨감은 남아 있다. 다만 방광의 통증은 사라졌다. 내게는 모든 겨울이 악마와 함께 진행된다. 물론 나는 악마조차도 즐기면서 존버하는 습성을 익힌 상태이다. 난감할 때마다 방언처럼 중얼거린다, 하나님 저는 아직도 괜찮습니다.

5

사랑은 어렵지만

어떤 이름은
오래 남는다

오랜 시간이 지나면 가슴속에서 저절로 소멸해 버리는 이름도 있지만 아무리 시간이 흘러도 모질게 남아 시도 때도 없이 고개를 쳐들고 무자비하게 가슴을 난도질하는 이름도 있다.

대부분의 이름들이 애증과 연민과 기대와 희망이라는 이름으로 가슴에 심긴다. 때로는 화초로 자라기도 하고 때로는 잡초로 자라기도 한다. 어떤 이름들은 나무가 되어 가슴에 깊이깊이 뿌리를 내리고 왕성하게 자라기도 한다. 또 어떤 이름들은 모르는 사이 포자처럼 날아와 버섯

불현듯 살아야겠다고 중얼거렸다

처럼 은밀하게 머리를 내밀기도 한다.

어떤 이름들은 아름다운 꽃으로 피어나기도 하고 어떤 이름들은 향기로운 열매로 매달리기도 한다. 어떤 이름들은 그리움이 되기도 하고 어떤 이름들은 진저리가 되기도 한다.

내 이름은 그대에게 어떤 모습으로 자라고 있을까. 이미 소멸해 버리지는 않았을까. 부디 잡초나 독초로 기억되지 않기를 빈다.

그리움과 외로움은
온기가 된다

가을이 끝날 때까지 아무 일도 일어나지 않았다. 마침
내 겨울이 닥쳤다. 몽요담 전체가 투명한 얼음에 뒤덮여
있다. 누가 던져 놓았을까. 그리움에 지친 듯 원망 어린 돌
멩이들. 얼음 위에 그대로 붙박여 있다. 밤이 되면 저 돌멩
이들은 모두 하늘로 가서 반짝반짝 별들로 빛날 것 같다.

감성마을에 눈이 내리기 시작했다. 올 들어 세 번째 내
리는 눈이다. 올해는 특히 많이 내릴 것 같은 조짐이 보인
다. 눈 많이 내리면 풍년이 든다는데 농사꾼들 주름살이
라도 쫙 펴졌으면 좋겠다.

내 마음이 땅 밑에서

조용히 익어가는 인생의 겨울.

얼어붙기 전에 곱게 싸서

소중히 준비해 둔다.

길들이 눈에 덮여서 먹음직스러운 백설기 같아 보인다. 손바닥을 얹으면 따끈따끈한 온기가 전해질 것 같다. 식기 전에 넉넉하게 칼로 썰어서, 이사 떡을 돌리듯 한 덩어리씩 돌리고 싶다. 오늘도 기쁜 일만 그대에게.

살아 있는 것들은 모두
함께 살아간다

　북한의 김정은 위원장과 남한의 문재인 대통령이 번개를 때린 다음 서슴없이 뜨거운 포옹을 나누는 시대. 세계가 번영과 평화의 문턱에서 행복을 기대하는 시대이다. 물론 별 거지발싸개 같은 인간들이 헛소리를 남발하거나 훼방을 일삼기도 하지만 본디 명산에는 소나무만 살지 않는다. 참나무, 칡넝쿨, 오리나무, 산도라지, 송이버섯, 싸리나무 오만 가지 수목들이 함께 살아간다. 우리도 함께 살아가자. 함께 살아가면서 가끔 번개라도 때리자. 번개라도 때리고 서로 악수를 나누고, 통성명을 하고, 가슴을 활짝 열고, 술을 마시거나 차를 마시거나 냉수라도 벌컥벌컥 들이켜자. 들이켠 다음 인생과 예술과 사랑을 얘기하자. 쓰러진 사람이 있으면 일으켜 세우자. 억울한 사람이 있으면 편들어 주자. 아픈 사람이 있으면 치료해 주고 슬픈 사람이 있으면 위로해 주자. 서로 따뜻한 이웃이 되자.

불현듯 살아야겠다고 중얼거렸다

망상은
정신의 양식이 되기도 한다

　어제 휴대폰이 가끔 경련을 일으키며 발악적으로 울부짖었다. 행정안전부에서 보내는 경기북부, 강원북부 한파 경보, 노약자 외출 자제, 동파 방지, 화재 예방 등 피해를 예방하기 위한 긴급 재난문자였다. 내가 사는 감성마을은 이미 오래전부터 한파가 밀려닥쳤으므로 대수롭지 않게 생각하고 잠이 들었는데 새벽 4시 45분경, 어깨를 얼음칼로 후벼파는 듯한 추위 때문에 잠에서 깨어나고 말았다. 집필실 가득 난폭한 겨울 군병들이 몰려들어 날카로운 이빨을 번뜩거리고 있었다. 쌍칼, 이제 잠들기는 틀렸다. 찻물을 끓인다. 끓는 소리가 달밤 대숲에 바람 지나가는 소리 같다. 내 감성이 아니다. 옛사람들의 표현이다. 얼마나 문학적인가. 꼭두새벽 잠에서 깨어났으니 오만가지 망상으로 하루를 시작하게 되는구나. 그래도 그리 싫지는 않다. 고리타분한 인간들은 돈 안 되는 생각이면 망상이라고 하지만, 망상은 돈이 되지는 않더라도 조금만 주물럭거리면 정신의 양식인 글이 되기도 한다. 물론 돈은 생활 전반에 걸쳐서 매우 중요한 가치를 지닌다. 그러나 돈을 인간보다 가치 있게 생각하는 풍조가 소름 끼칠 뿐이다. 차를 마신다. 안빈낙도라는 단어가 슬그머니 다가와 내 무릎에 걸터앉는다.

불현듯 살아야겠다고 중얼거렸다

한 끼도 거를 수 없는
나의 생각, 나의 감성.
오늘도 정신의 양식을
준비한다.

선과 악은
어디에나 있다

　무식하고, 소견 좁고, 성격 더럽고, 게다가 용감무쌍까지 겸비한 놈들은 가급적이면 내 소설 속에는 등장시키지 말아야겠다는 생각을 했다.

　현실 속에서도 그런 놈들을 상대하느라고 힘들어 죽겠는데 소설 속에까지 등장시켜서 스트레스를 배가시킬 필요가 없다는 생각 때문이다. 하지만 그런 놈들이 살지 않는 세상은 어디에도 존재하지 않는다는 사실이 나를 절망케 한다. 그런 놈들이 등장하는 소설 또한 존재할 수 없다는 생각 때문이다.

　　　　　　　　　　　　　불현듯 살아야겠다고 중얼거렸다

언젠가, 제일 장수하는 사람들이 종교인과 정치가고, 제일 단명하는 사람들이 작가라는 통계가 보도된 적이 있다. 요즘은 제기랄, 특히 고개가 크게 끄덕여진다.

이 세상에 존재하는 것들 중에는, 좋은 점만 간직하고 있는 것도 전무하고 반대로 나쁜 것만 간직하고 있는 것도 전무하다. 단지 부분과 순간을 두고 판단할 때는 극단적일 수도 있겠지만, 전체적인 면을 고찰해서 판단할 때는 장점이 곧 단점이 될 경우도 있고 단점이 곧 장점이 될 경우도 있다. 백해무익이라는 표현 역시 부분과 순간에서 특정인의 견해로 판단했을 때 얻어지는 표현이겠지. 따라서 세상에는 백해무익한 존재도 없고 백익무해한 존재도 없다는 생각이다. 하지만 나는 어떤 대상이나 현상을 가급적이면 긍정적이고 낙천적으로 바라보려고 노력한다. 물론 내 공부가 너무 짧아서 아더메치한(아니꼽고 더럽고 메스껍고 치사한) 놈들 앞에서는 금방 망각해 버리는 덕목이기는 하지만.

이치와 도리를
깨닫고 다스려라

    어른들은 갓난애들을 보면 뜬금없이 까꿍이라는 출처 불명에 의미 불명의 감탄사를 내뱉곤 한다. 대부분의 갓난애들은 어른들이 얼굴을 들이밀고 까꿍을 시전하면 까르륵 웃음을 터뜨릴 때가 많다.

    전유성의 말을 빌면 까꿍은 각궁(覺弓)에서 유래되었다고 한다. 궁이라는 한자는 태극을 상형화한 것이란다. 그러니까 까꿍은 태극의 이치를 깨달으라는 뜻을 간직한 한자어 '각궁'이 경음화된 것이라는 주장이다.

    곤지곤지 잼잼이나 도리도리 짝짝꿍도 역시 깨달음과

관계가 있다. 선조들은 아이들이 말을 배우기 전부터 건곤감리, 하늘이나 땅의 이치나 도리(道理), 즉 깨달음과 다스림의 큰 뜻을 손 안에 넣고 쥐락펴락하라는 의도를 놀이식으로 전달했다는 것이다. 전유성이 중학생 때 고등학생이었던 어떤 형에게 들었던 얘기라고 한다. 물론 믿거나 말거나 버전이다. 하지만 내가 생각하기에는 그럴듯한 부분도 없지 않다.

**잠결에 불현듯
고독을 들었다**

잠결에 불현 듯
소나기 소리를 들었다.

잠에서 깨어나 정신을 수습하니
제기럴, 소나기 소리가 아니었다.

방안 가득
암갈색 고독이
소나기처럼 쏟아져 내리고 있었다.

지금은 새벽 2시.
이제 잠들기는 글렀다.

우주와 지구와 인간과 삶,
아름답고 무한하다

대한민국 최초의 우주인 이소연 박사.

기자들은 그녀가 우주선에 탑승했을 때 제일 먼저 무슨 말을 할 거냐는 궁금증을 공통적으로 간직하고 있었다고 한다.

그런데 막상 우주여행이 시작되었을 때 그녀는 아무 말도 할 수 없었다고 한다. 단지 우와, 하는 탄성만 발할 수 있었다고 한다.

1초에 8킬로미터를 달리는 우주선 안에서 모든 우주인이 공통적으로 나타내 보이는 것은 자기 나라에 대한 관

불현듯 살아야겠다고 중얼거렸다

심이라고 한다. 미국 러시아 중국 등의 대륙들은 그래도 상공을 경유하는 시간이 몇 분 정도 소요되지만 한국은 그야말로 눈 깜짝할 새 지나쳐 버리고 말아서, 첫날은 한국 상공을 지나갈 때 사진기에 잠깐 눈길만 주고 찍지는 못했다고 한다. 그래도 그 짧은 순간 감격으로 벅차오르는 가슴을 주체하기 힘들었다고 한다.

이소연 박사는 약 2시간 30분 동안 관객들과 함께 호흡하면서 뛰어난 화술과 해박한 지식, 진솔한 심경과 적확한 판단으로 대한민국 과학의 과거와 현재와 미래를 진단, 비록 발전이 느리고 실패가 있더라도 꾸준히 인내하고 기다려 주기를 몇 번이나 간곡히 당부했다.

지구에서의 삶을 통해 부분적이고 일시적인 불만을 느끼더라도 그것은 잠시 잠깐일 뿐 우주적인 관점에서 볼 때는 대수롭지 않은 문제라는 점도 주지시켜 주었다.

우리가 태어난 나라, 태어난 고장, 부여받은 환경이나 조건, 인간관계들이 깊이 생각해 보면 모두 다행스럽기 짝이 없는 필연이고 행운이라는 것이다.

모든 인간은 행복해지기 위해 살아간다.

행복해지기 위해 공부를 하기도 하고 행복해지기 위해 결혼을 하기도 한다.

행복해지기 위해 취직도 하고 행복해지기 위해 저축도 한다.

하지만 무엇이 행복인지는 모르는 경우가 많다.

소크라테스는 가슴 안에 사랑이 가득할 때 인간은 행복해질 수 있다고 말했다. 가득한 사랑을 줄 수도 있고 가득한 사랑을 받을 수도 있을 때 인간은 행복해질 수 있다고 말했다.

하지만 어떤 경우에도 인간은 아름답지 않은 것을 사랑할 수 없다는 단언도 서슴지 않았다.

사랑은 대상에게서 아름다움을 느낄 때 생성되는 감정이다.

나는 이소연 박사의 말을 들으면서 시인 천상병의 「귀천」이라는 시를 떠올렸다.

나 하늘로 돌아가리라.

새벽빛 와 닿으면 스러지는

이슬 더불어 손에 손을 잡고,

나 하늘로 돌아가리라.

노을빛 함께 단 둘이서

기슭에서 놀다가 구름 손짓하며는,

나 하늘로 돌아가리라.

아름다운 이 세상 소풍 끝내는 날,

가서, 아름다웠더라고 말하리라……

우주여행을 통해 이소연 박사가 궁극적으로 깨달은 점 역시 우주의 아름다움과 지구의 아름다움과 인간의 아름다움과 삶의 아름다움이라고 감히 정리해 본다.

우주인 이소연과 시인 천상병.

두 사람은 공통적으로 우주와 지구와 인간과 삶을 모

두 아름답게 바라볼 줄 아는 선구자들이다.

시인 천상병은 시에서 말한 대로 하늘로 가서 지구에서의 소풍이 참으로 아름다웠노라고 고백했을 것이다. 그리고 우주인 이소연은 지구로 와서 우주에서의 소풍이 참으로 아름다웠노라고 고백했다.

우주는 우리를 알게 만들고 느끼게 만들고 깨닫게 만든다.

'우주는 아름답고 무한하다.'

앎의 궁극이요 느낌의 궁극이며 깨달음의 궁극이다.

불현듯 살아야겠다고 중얼거렸다

어른이 나타나기를 기다리는
아이들이 있다

요즘 뮤지컬 〈견습어린이들〉 각색에 빠져 날마다 밤을 새우고 있다. 모든 에너지가 원고 속으로 빨려 들어가고 있다. 겨울밤 폐항처럼 정박해 있는 도시. 어린이 놀이터 미끄럼틀 위에서 모범 어린이가 나타나기를 기다리는 아이들. 이따금 바람 소리가 고조되고 눈보라도 흩날린다. 추위를 물리치기 위해 술을 마시면서 아이들이 바라보는 비뚤어진 세상, 비뚤어진 어른들의 작태들.

불현듯 살아야겠다고 중얼거렸다

빨리 풀리기를
바라지 말자

밖에는 추적추적 진눈깨비. 그런데 방 안의 습도는 34도다. 40도 정도가 적당한 것으로 알고 있는데 34도면 건조한 편이다. 가습기가 작동 중인데도 그렇다. 콧속이 말라붙어 불편하다. 일단 물그릇을 3개나 비치해 두었다. 그래도 습도에는 큰 변화가 없다. 창문을 열었다. 역시 마찬가지다. 바구니에 숨어 있던 코브라처럼 혀를 날름거리면서 슬그머니 대가리를 쳐드는 맹독의 스트레스. 물리면 죽음에 이르거나 크게 건강을 해칠 것이 분명하다. 요즘은 날씨조차 나를 도와주지 않는다. 꼬일 때가 있으면 풀릴 때

도 있을 것이다. 경험은 곧 지혜다. 빨리 풀리기를 바라지
말자. 매사가 다 때가 있는 법이다. 써글. 일단 마음부터
가라앉히고 연거푸 차나 마시면서 우선 체내의 습도부터
높여 보자.

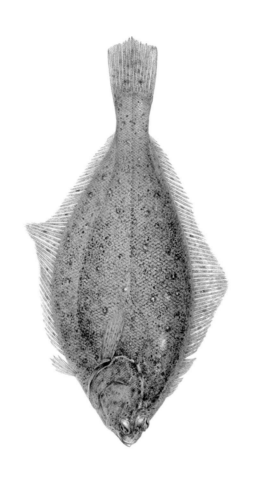

메마른 몸과 마음,

서두르지 말고 천천히

습도를 높여 보자.

누구든
사랑받을 자격이 있다

산타 영감탱이는 애들한테 조건부로 선물을 주면 안 된다.

우는 애도 선물을 안 주고 나쁜 애도 선물을 안 주고 부처님을 믿거나 알라신을 믿어도 선물을 안 주는 모양인데 그러면 안 된다고 생각한다.

애들 중에 착하지 않고 예쁘지 않은 애들이 어디 있단 말인가. 모두가 하나님께서 공평하게 사랑하시는 어린 양들이다.

올해는 루돌프를 수만 마리 더 구입하고 산타 영감도

몇만 명 더 채용해서 선물을 못 받는 애들이 없도록 하나
님의 공평한 사랑을 전파하고 실천하는 일에 완벽을 기했
으면 좋겠다.

　나는 왜 어릴 때 산타 영감을 한 번도 만난 적이 없을
까. 교회가 없는 깡촌에서 살았기 때문일까. 아무리 생각
해도 서럽고 억울하다.

사랑 예감은
빗나가기 마련이다

오늘도 감성마을에 빗소리 자욱하다.

빗소리에 귀 기울이고 있으면 불현듯
누군가 나를 찾아올 듯한 예감.

그러나 예감은 언제나 빗나간다.

사랑 하나 부여안고 혼자
절룩절룩 걸어온 칠십여 년.

천지에 물소리만 가득하고
날마다 온 세상은 텅 비어 있다.

2019 서미영

피해자인데
수혜자로 둔갑해 있는 것은 아닐까

　혜택을 받은 사람을 수혜자라고 하고 피해를 당한 사람을 피해자라고 한다. 그런데 대한민국에서는 이 두 가지 경우가 뒤바뀔 때가 너무 많다. 수혜자가 피해자로 둔갑을 하고 피해자가 수혜자로 둔갑을 한다. 인간성이 더러운 사람이 타인을 깎아내리고 자신을 돋보이게 만들 목적으로, 또는 악인이 자신을 남들에게 선인으로 착각하도록, 진실을 왜곡하거나 조작해서 야기되는, 정말 개떡 같은, 천사는 실종되고 악마만이 득시글거리는 세상에서나 있을 법한 현상이다. 하지만 우리가 사는 세상에서

　불현듯 살아야겠다고 중얼거렸다

도 그런 일들은 자주 일어난다. 의외로 많은 사람들이 진위를 구분하지 못하고 왜곡되거나 조작된 현상을 진실인 양 착각하기 일쑤다. 진실을 알아보는 눈은 진실한 자에게만 간직되어 있는 법이다. 진실을 보지 못하는 눈들을 가진 자들이 추측만으로, 또는 소문만으로 조작한 '카더라' 판 왜곡들에 억울한 누명을 쓰고 무수히 날아오는 돌들을 맞아야 했던 희생자들은 또 얼마나 많았겠는가. 어쩌면 우리는 피해자인데 수혜자로 둔갑해 있는 것은 아닐까. 어쩌면 그 반대일지도 모르지. 하지만 모두 전생의 일들, 어느새 한 해가 거의 다 끝나가고 있다. 다가오는 새해는 부디 진실이 왜곡되지 않는 한 해가 되기를 빈다. 가급적이면 '존버'라고 써야 할 경우가 없었으면 좋겠다. 모든 존재들이 존재 자체만으로 행복해지는 세상이 되기를 소망한다.

인생은 어떤 소설이나

영화나 드라마도 따라갈 수 없는

진실과 감동을 간직하고 있다.

행복의 밑천은
성실과 노력이다

〈생활의 달인〉 대상 후보들의 영상을 미리 감상할 기회가 있었다. 시간 가는 줄 모를 정도로 심취해 있었다. 올겨울부터 지구가 빨리 돌아가기로 작정했는지도 모른다. 어느새 바깥이 캄캄해져 버렸다.

〈생활의 달인〉을 볼 때마다 느낀다. 인생의 배면에는 언제나 서러운 눈물의 강이 흐르고 있다는 사실을. 그러나 그분들은 서러운 눈물의 강을 건너 아름다운 행복의 강에 이르신 분들이다.

그분들의 인생은 어떤 소설이나 영화나 드라마도 따라

갈 수 없는 진실과 감동을 간직하고 있다. 혼연일체. 그분들은 모두 자신이 종사하는 일과 혼연일체가 되어 있다는 공통점을 보여 준다. 그분들의 솜씨와 내공은 타의 추종을 불허한다. 얼마나 많은 시련과 고통을 감내해야만 그런 경지에 이를 수 있을까.

하지만 그분들은 어떤 시련과 고통 앞에서도 주저앉지 않았다. 오로지 성실과 노력을 밑천으로 역전에 성공하신 분들이다. 그분들을 보면 행복해진다. 내가 소설가라는 사실이 와락 부끄러워지기도 한다. 죄송합니다. 더 노력하겠습니다.

나빠도 괜찮아

가끔 '나빠도 괜찮아'라는 생각을 하면서 오늘의 운세나 이달의 운세 따위를 본다. 나야 평생삼재로 알고 살아가는 사람인데 좋고 나쁘고가 어디 있겠는가. 운세가 나쁘면 마음공부에 전념하라는 뜻으로 받아들이고 운세가 좋으면 마음공부에 더욱 전념하라는 뜻으로 받아들인다. 올해도 많이 기울었다. 남은 시간까지 나를 사랑하기 위해서 보낸 시간보다 남을 사랑하기 위해서 보낸 시간이 더 많았던 해로 기억되기를 빈다. 존버.

내 안의 결함과 결핍을
돌아볼 때가 되었다

　어떤 사람의 능력을 빌려 쓸 때 속된 말로 털도 안 뽑고 잡아먹으려 드는 사람이 있는가 하면 자신의 내장까지 꺼내 줄 듯 온갖 아부를 다 보여드린 다음에 목적을 달성하는 사람도 있다.

　양쪽이 모두 염치가 없기는 마찬가지지만 그래도 당하는 입장에서는 후자 쪽이 좀 양심이 있어 보인다.

　하다못해 닭 한 마리를 먹어 치우더라도, 최소한 털은 뽑고, 토막을 치거나, 양념을 치거나, 물을 끓이는 수고로움 정도는 감내해야 하지 않겠는가. 그런데 돈 한 푼 안

들이고 지식인들이나 예술인들을 부려서 단체나 개인의 이득을 도모하려는 족속들이 부지기수다.

요즘은 자신의 단순 무식을 전혀 부끄러워하지 않는 사람들이 점차 늘어 가고 있다. 아무런 망설임도 없이 허영과 욕망을 노골적으로 드러내는 경우도 비일비재하다. 교양이나 양심 따위는 쓰레기통에 내던져 버린 지 오래인 듯이 사는 부류들. 그런 부류들은 대개 남의 결함을 보면 능지처참을 하든지 석고대죄라도 받아야 직성이 풀리는 성정들을 가지고 있는 경우가 대부분이다.

하지만 자신의 결함에는, 살다 보면 그럴 수도 있지 않느냐는 관대함을 보이기 일쑤다. 달리 말하면 내로남불, 내가 하면 로맨스요 남이 하면 불륜이다. 타인의 결함은 죄악에 해당하지만 자신의 결함은 애교에 해당한다.

책만 읽어도 얼마나 많은 문제점과 고민들이 해결되는가. 하지만 그들은 고민도 하지 않고 문제인 줄도 모르고 있다. 게다가 술에는 돈을 써도 책에는 돈을 쓰지 않는 악습들을 무슨 문화적 자산처럼 소중하게 간직하고 있다.

설상가상, TV만 틀면 거의 모든 채널들이 먹방에 열을 올린다. 육신이 허기져도 처묵처묵으로 해결하고, 정신이 허기져도 처묵처묵으로 해결하고, 영혼이 허기져도 처묵처묵으로 해결하려 드는 사람들 같다. 그러나 육신의 허기는 처묵처묵으로 해결되지만, 정신과 영혼의 허기는 처묵처묵으로 해결되지 않는다.

내가 어릴 때만 해도 비만으로 고민하는 사람은 드물었다. 그러나 요즘은 비만으로 고민하는 사람들이 너무 많다. 배는 가득 채워져 있지만 뇌는 텅 비어 있는 사람들이 어떤 인생을 살아갈 수 있으며 어떤 세상을 만들어 갈 수 있을까.

가치관을 수정할 때가 도래했다는 생각을 하면서 달력을 본다. 오늘은 12월 30일이다. 하루만 더 지나면 새해다. 그러나 해는 절대로 새것이 아니다. 작년에도 사용했던 중고품이다. 무엇보다도 내가 새것이 되어야 한다는 사실이 중요하다. 그래야 진정한 새해다.

불현듯 살아야겠다고 중얼거렸다

외로움 끝에
깨달음 있다

　내일은 전국적으로 최강 한파주의보가 발령된다는 뉴스가 있었다. 나는 선잠결에 깨어나 커피 한잔을 마시면서 한파 따위 하나도 겁낼 거 없다는 생각을 했다. 내게는 인생 전체가 겨울이었으니까.

　어릴 때부터 빈곤에 찌들어 살았고 청년기에도 상당기간 떠돌이로 살았다. 그러다 결국 노숙자로 전락해서 다리 밑이나 대합실에서 새우잠을 자기 일쑤였다. 추위는 언제나 몸에 익숙한 평상복처럼 걸치고 살았다. 하지만 인생을 살 만큼 살아 본 사람들은 안다. 가난도 무섭고

　　　　　　　　　　불현듯 살아야겠다고 중얼거렸다

추위도 무섭지만 그보다 더 무서운 건 외로움이라는 사실을.

　날마다 추위와 빈곤에 물어뜯겨야 했던 인생. 뻑하면 실패와 절망에 진저리를 쳐야 했던 인생. 어디를 둘러보아도 세상은 텅 비어 있었다. 허기진 영혼, 메마른 늑골 사이로 몰아치는 눈보라. 날마다 외로움에 사무쳐서 아아 시발, 소리를 입에 달고 살았다. 하지만 하나님. 저는 아직 괜찮습니다. 세상이 우라지게 혐오스럽고 지겹기는 하지만 결코 사랑을 포기하지는 않겠습니다. 부모님은 제게 가난과 비극을 물려주셨고 세상은 제게 차별과 박해를 물려주었습니다. 작가가 되기에는 충분하고도 남음이 있는 밑천, 늘 고맙게 생각하고 있습니다. 이제 그만 외로워하겠습니다.

누구나 결국엔 무한에 이른다

얼마나 많은 시간과 공간을 떠돌다 거기에 닿았으리 이름과 형상을 가진 천하만물은 모두 거기에 이르나니 내 비루한 젊은날 진실로 동경해 마지 않았던 존재의 보잘것없음 마침내 물질로서의 무가치함과 무의미함 무한 자유와 무한 평화 그 거룩한 경지 먼지라는 이름의 우주여.

2018 서성택

불현듯 살아야겠다고 중얼거렸다

초판 1쇄 2019년 11월 10일
초판 4쇄 2020년 1월 15일

지은이 | 이외수
그린이 | 정태련
펴낸이 | 송영석

주간 | 이혜진
기획편집 | 박신애 · 김단비 · 심슬기
외서기획편집 | 정혜경
디자인 | 박윤정
마케팅 | 이종우 · 김유종 · 한승민
관리 | 송우석 · 황규성 · 전지연 · 채경민

펴낸곳 | (株)해냄출판사
등록번호 | 제10-229호
등록일자 | 1988년 5월 11일(설립일자) | 1983년 6월 24일)

04042 서울시 마포구 잔다리로 30 해냄빌딩 5 · 6층
대표전화 | 326-1600 **팩스** | 326-1624
홈페이지 | www.hainaim.com

ISBN 978-89-6574-976-9

이 도서의 국립중앙도서관 출판예정도서목록(CIP)은 서지정보유통지원시스템 홈페이지
(http://seoji.nl.go.kr)와 국가자료공동목록시스템(http://www.nl.go.kr/kolisnet)에서 이용하
실 수 있습니다.(CIP제어번호: CIP2019038645)